Couvertures supérieure et inférieure manquantes

KÉRABAN-LE-TÊTU

17650

PARIS. — IMPRIMERIE GAUTHIER-VILLARS

55, QUAI DES GRANDS-AUGUSTINS, 55

KÉRABAN-LE-TÊTU

PAR

JULES VERNE

PREMIÈRE PARTIE

BIBLIOTHÈQUE

D'ÉDUCATION ET DE RÉCRÉATION

J. HETZEL ET Cie, 18, RUE JACOB

PARIS

KÉRABAN-LE-TÊTU

PREMIERE PARTIE

I

DANS LEQUEL VAN MITTEN ET SON VALET BRUNO
SE PROMÈNENT, REGARDENT, CAUSENT,
SANS RIEN COMPRENDRE A CE QUI SE PASSE.

Ce jour-là, 16 août, à six heures du soir, la place de Top-Hané, à Constantinople, si animée d'ordinaire par le va-et-vient et le brouhaha de la foule, était silencieuse, morne, presque déserte. En le regardant du haut de l'échelle qui descend au Bosphore, on eût encore trouvé le tableau charmant, mais les personnages y manquaient. A peine quelques étrangers passaient-ils pour remonter d'un pas rapide les ruelles étroites, sordides, boueuses,

embarrassées de chiens jaunes, qui conduisent au
faubourg de Péra. Là est le quartier plus spécialement réservé aux Européens, dont les maisons
de pierre se détachent en blanc sur le rideau noir
des cyprès de la colline.

C'est qu'elle est toujours pittoresque, cette place,
— même sans le bariolage de costumes qui en
relève les premiers plans, — pittoresque et bien
faite pour le plaisir des yeux, avec sa mosquée de
Mahmoud, aux sveltes minarets, sa jolie fontaine
de style arabe, maintenant veuve de son petit
toit d'architecture célestienne, ses boutiques où
se débitent sorbets et confiseries de mille sortes,
ses étalages, encombrés de courges, de melons
de Smyrne, de raisins de Scutari, qui contrastent
avec les éventaires des marchands de parfums et
des vendeurs de chapelets, son échelle à laquelle
accostent des centaines de caïques peinturlurés,
dont la double rame, sous les mains croisées des
caïdjis, caressent plutôt qu'elles ne frappent les
eaux bleues de la Corne-d'Or et du Bosphore.

Mais où étaient donc, à cette heure, ces flâ-
neurs habitués de la place de Top-Hané; ces Persans, coquettement coiffés du bonnet d'astracan;
ces Grecs balançant, non sans élégance, leur fus-

tanelle à mille plis; ces Circassiens, presque toujours en tenue militaire; ces Géorgiens, restés Russes par le costume, même au delà de leur frontière; ces Arnautes, dont la peau, gratinée au soleil, apparaît sous les échancrures de leurs vestes brodées, et ces Turcs, enfin, ces Turcs, ces Osmanlis, ces fils de l'antique Byzance et du vieux Stamboul, oui! où étaient-ils?

A coup sûr, il n'aurait pas fallu le demander à deux étrangers, deux Occidentaux, qui, l'œil inquisiteur, le nez au vent, le pas indécis, se promenaient, à cette heure, presque solitairement sur la place : ils n'auraient su que répondre.

Mais il y avait plus. Dans la ville proprement dite, au delà du port, un touriste eût observé ce même caractère de silence et d'abandon. De l'autre côté de la Corne-d'Or, — profonde indentation ouverte entre le vieux Sérail et le débarcadère de Top-Hané, — sur la rive droite unie à la rive gauche par trois ponts de bateaux, tout l'amphithéâtre de Constantinople paraissait être endormi. Est-ce que personne ne veillait alors au palais de Seraï-Bournou? N'y avait-il plus de croyants, d'hadjis, de pèlerins, aux mosquées d'Ahmed, de Bayezidièh, de Sainte-Sophie, de la Suleïmanièh? Faisait-il donc sa sieste, le nonchalant gardien de la tour du Séraskierat, à l'exemple de son collègue de la tour de Galata, tous deux chargés d'épier les débuts d'incendie si fréquents dans la ville? En vérité, il n'était pas jusqu'au mouvement perpétuel du port, qui ne parût quelque peu enrayé, malgré la flottille de steamers autrichiens, français, anglais, de mouches, de caïques, de chaloupes à vapeur, qui se pressent aux abords des ponts et au large des maisons, dont les eaux de la Corne: d'Or baignent la base.

Était-ce donc là cette Constantinople tant vantée, ce rêve de l'Orient réalisé par la volonté des Constantin et des Mahomet II? Voilà ce que se demandaient les deux étrangers qui erraient sur la place; et, s'ils ne répondaient pas à cette question, ce n'était pas faute de connaître la langue du pays. Ils savaient le turc très suffisamment : l'un, parce qu'il l'employait depuis vingt ans dans sa correspondance commerciale; l'autre, pour avoir souvent servi de secrétaire à son maître, bien qu'il ne fût près de lui qu'en qualité de domestique.

C'étaient deux Hollandais, originaires de Rotterdam, Jan Van Mitten et son valet Bruno, qu'une singulière destinée venait de pousser jusqu'aux confins de l'extrême Europe.

Van Mitten, — tout le monde le connaît, — un homme de quarante-cinq à quarante-six ans, resté blond, œil bleu céleste, favoris et barbiche jaunes, sans moustaches, joues colorées, nez un peu trop court par rapport à l'échelle du visage, tête assez forte, épaules larges, taille au-dessus de la moyenne, ventre au début du bedonnement, pieds mieux compris au point de vue de la solidité que de l'élégance, — en réalité, l'air d'un brave homme, qui était bien de son pays.

Peut-être Van Mitten, au moral, semblait-il être un peu mou de tempérament. Il appartenait, sans conteste, à cette catégorie de gens d'humeur douce et sociable, fuyant la discussion, prêts à céder sur tous les points, moins faits pour commander que pour obéir, personnages tranquilles, flegmatiques, dont on dit communément qu'ils n'ont pas de volonté, même lorsqu'ils s'imaginent en avoir. Ils n'en sont pas plus mauvais pour cela. Une fois, mais une seule fois en sa vie, Van Mitten, poussé à bout, s'était engagé dans une discussion dont les conséquences avaient été des plus graves. Ce jour-là, il était radicalement sorti de son carac-

tère ; mais depuis lors, il y était rentré, comme on
rentre chez soi. En réalité, peut-être eût-il mieux
fait de céder, et il n'aurait pas hésité, sans doute,
s'il avait su ce que lui réservait l'avenir. Mais il ne
convient pas d'anticiper sur les événements, qui
seront l'enseignement de cette histoire.

« Eh bien, mon maître ? lui dit Bruno, quand
tous deux arrivèrent sur la place de Top-Hané.

— Eh bien, Bruno ?

— Nous voilà donc à Constantinople !

— Oui, Bruno, à Constantinople, c'est-à-dire
à quelque mille lieues de Rotterdam !

— Trouverez-vous enfin, demanda Bruno, que
nous soyons assez loin de la Hollande ?

— Je ne saurais jamais en être trop loin ! » répondit Van Mitten, en parlant à mi-voix, comme
si la Hollande eût été assez près pour l'entendre.

Van Mitten avait en Bruno un serviteur absolument dévoué. Ce brave homme, au physique,
ressemblait quelque peu à son maître, — autant,
du moins, que son respect le lui permettait : habitude de vivre ensemble depuis de longues années.
En vingt ans, ils ne s'étaient peut-être pas séparés un seul jour. Si Bruno était moins qu'un ami,
dans la maison, il était plus qu'un domestique. Il

faisait son service intelligemment, méthodiquement, et ne se gênait pas de donner des conseils, dont Van Mitten aurait pu faire son profit, ou même de faire entendre des reproches, que son maître acceptait volontiers. Ce qui l'enrageait, c'était que celui-ci fût aux ordres de tout le monde, qu'il ne sût pas résister aux volontés des autres, en un mot, qu'il manquât de caractère.

« Cela vous portera malheur! lui répétait-il souvent, et à moi, par la même occasion! »

Il faut ajouter que Bruno, alors âgé de quarante ans, était sédentaire par nature, qu'il ne pouvait souffrir les déplacements. A se fatiguer de la sorte, on compromet l'équilibre de son organisme, on s'éreinte, on maigrit, et Bruno, qui avait l'habitude de se peser toutes les semaines, tenait à ne rien perdre de sa belle prestance. Quand il était entré au service de Van Mitten, son poids n'atteignait pas cent livres. Il était donc d'une maigreur humiliante pour un Hollandais. Or, en moins d'un an, grâce à l'excellent régime de la maison, il avait gagné trente livres et pouvait déjà se présenter partout. Il devait donc à son maître, avec cette honorable bonne mine, les cent soixante-sept livres qu'il pesait maintenant, — ce qui mettrait dans la bonne moyenne de ses compatriotes. Il faut être modeste, d'ailleurs, et il se réservait, pour ses vieux jours, d'arriver à deux cents livres.

En somme, attaché à sa maison, à sa ville natale, à son pays, — ce pays conquis sur la mer du Nord, — jamais, sans de graves circonstances, Bruno ne se fût résigné à quitter l'habitation du canal de Nieuwe-Haven, ni sa bonne ville de Rotterdam, qui, à ses yeux, était la première cité de la Hollande, ni sa Hollande, qui pouvait bien être le plus beau royaume du monde.

Oui, sans doute, mais il n'en est pas moins vrai que, ce jour-là, Bruno était à Constantinople, l'ancienne Byzance, le Stamboul des Turcs, la capitale de l'empire ottoman.

En fin de compte, qu'était donc Van Mitten? — Rien moins qu'un riche commerçant de Rotterdam, un négociant en tabacs, un consignataire des meilleurs produits de la Havane, du Maryland, de la Virginie, de Varinas, de Porto-Rico, et plus spécialement de la Macédoine, de la Syrie, de l'Asie Mineure.

Depuis vingt ans déjà, Van Mitten faisait des affaires considérables en ce genre avec la maison

Kéraban de Constantinople, qui expédiait ses tabacs renommés et garantis, dans les cinq parties du monde. D'un si bon échange de correspondances avec cet important comptoir, il était arrivé que le négociant hollandais connaissait à fond la langue turque, c'est-à-dire l'osmanli, en usage dans tout l'empire ; qu'il le parlait comme un véritable sujet du Padichah ou un ministre de l' « Émir-el-Moumenin », le Commandeur des Croyants. De là, par sympathie, Bruno, ainsi qu'il a été dit plus haut, très au courant des affaires de son maître, ne le parlait pas moins bien que lui.

Il avait été même convenu, entre ces deux originaux, qu'ils n'emploieraient plus que la langue turque dans leur conversation personnelle, tant qu'ils seraient en Turquie. Et, de fait, sauf leur costume, on aurait pu les prendre pour deux Osmanlis de vieille race. Cela, d'ailleurs, plaisait à Van Mitten, bien que cela déplût à Bruno.

Et cependant, cet obéissant serviteur se résignait à dire chaque matin à son maître.

« *Efendum, emriniz nè dir ?* »

Ce qui signifie : « Monsieur, que désirez-vous ? » Et celui-ci de lui répondre en bon turc :

« *Sitrimi, pantalounymi fourtcha.* »

Ce qui signifie : « Brosse ma redingote et mon pantalon ! »

Par ce qui précède, on comprendra donc que Van Mitten et Bruno ne devaient point être embarrassés d'aller et de venir dans cette vaste métropole de Constantinople : d'abord, parce qu'ils parlaient très suffisamment la langue du pays ; ensuite, parce qu'ils ne pouvaient manquer d'être amicalement accueillis dans la maison Kéraban, dont le chef avait déjà fait un voyage en Hollande et, en vertu de la loi des contrastes, s'était lié d'amitié avec son correspondant de Rotterdam. C'était même la principale raison pour laquelle Van Mitten, après avoir quitté son pays, avait eu la pensée de venir s'installer à Constantinople, pourquoi Bruno, quoi qu'il en eût, s'était résigné à l'y suivre, pourquoi enfin ils erraient tous deux sur la place de Top-Hané.

Cependant, à cette heure avancée, quelques passants commençaient à se montrer, mais plutôt des étrangers que des Turcs. Toutefois, deux ou trois sujets du Sultan se promenaient en causant, et le maître d'un café, établi au fond de la place, rangeait, sans trop se hâter, ses tables désertes jusqu'alors.

« Avant une heure, dit l'un de ces Turcs, le soleil se sera couché dans les eaux du Bosphore, et alors...

— Et alors, répondit l'autre, nous pourrons manger, boire et surtout fumer à notre aise !

— C'est un peu long, ce jeûne du Ramadan !

— Comme tous les jeûnes ! »

D'autre part, deux étrangers échangeaient les propos suivants en se promenant devant le café :

« Ils sont étonnants, ces Turcs ! disait l'un. Vraiment, un voyageur qui viendrait visiter Constantinople pendant cette sorte d'ennuyeux carême, emporterait une triste idée de la capitale de Mahomet II !

— Bah ! répliquait l'autre, Londres n'est pas plus gai le dimanche ! Si les Turcs jeûnent pendant le jour, ils se dédommagent pendant la nuit, et, au coup de canon qui annoncera le coucher du soleil, avec l'odeur des viandes rôties, le parfum des boissons, la fumée des chibouks et des cigarettes, les rues vont reprendre leur aspect habituel ! »

Il fallait que ces deux étrangers eussent raison, car, au même moment, le cafetier appelait son garçon et lui criait :

« Que tout soit prêt! Dans une heure, les jeû-
neurs afflueront, et on ne saura à qui entendre! »

Puis les deux étrangers reprenaient leur conversation, en disant :

« Je ne sais, mais il me semble que Constantinople est plus curieuse à observer pendant cette
période du Ramadan! Si la journée y est triste,
maussade, lamentable, comme un mercredi des
Cendres, les nuits y sont gaies, bruyantes, éche-
velées, comme un mardi de carnaval!

— En effet, c'est un contraste »

Et pendant que tous deux échangeaient leurs
observations, les Turcs les regardaient, non sans
envie.

« Sont-ils heureux, ces étrangers! disait l'un. Ils
peuvent boire, manger et fumer, s'il leur plaît!

— Sans doute, répondait l'autre, mais ils ne
trouveraient, en ce moment, ni un kébal de mouton, ni un pilaw de poulet au riz, ni une galette
de baklava, pas même une tranche de pastèque ou
de concombre...

— Parce qu'ils ignorent où sont les bons endroits! Avec quelques piastres, on trouve toujours
des vendeurs accommodants, qui ont reçu des dis-
penses de Mahomet!

— Par Allah, dit alors un de ces Turcs, mes ci-garettes se dessèchent dans ma poche, et il ne sera pas dit que je perdrai bénévolement quelques paras de latakié ! »

Et, au risque de se faire mal venir, ce croyant, peu gêné par ses croyances, prit une cigarette, l'alluma et en tira deux ou trois bouffées rapides.

« Fais attention ! lui dit son compagnon. S'il passe quelque uléma peu endurant, tu...

— Bon ! j'en serai quitte pour avaler ma fumée, et il n'y verra rien ! » répondit l'autre.

Et tous deux continuèrent leur promenade, en flânant sur la place, puis dans les rues avoisi-nantes, qui remontent jusqu'aux faubourgs de Péra et de Galata.

« Décidément, mon maître, s'écria Bruno, en re-gardant à droite et à gauche, c'est là une singu-lière ville ! Depuis que nous avons quitté notre hôtel, je n'ai vu que des ombres d'habitants, des fantômes de Constantinopolitains ! Tout dort dans les rues, sur les quais, sur les places, jusqu'à ces chiens jaunes et efflanqués, qui ne se relèvent même pas pour vous mordre aux mollets ! Allons ! allons ! en dépit de ce que racontent les voya-geurs, on ne gagne rien à voyager ! J'aime ehcore mieux notre bonne cité de Rotterdam et le ciel gris de notre vieille Hollande!

— Patience, Bruno, patience! répondit le calme Van Mitten. Nous ne sommes encore arrivés que depuis quelques heures! Cependant, je l'avoue, ce n'est point là cette Constantinople que j'avais rêvée! On s'imagine qu'on va entrer en plein Orient, plonger dans un songe des *Mille et une Nuits*, et on se trouve emprisonné au fond...

— D'un immense couvent, répondit Bruno, au milieu dé gens tristes comme des moines cloîtrés !

— Mon ami Kéraban nous expliquera ce que tout cela signifle ! répondit Van Mitten.

— Mais où sommes-nous en ce moment? demanda Bruno. Quelle est cette place? Quel est ce quai?

— Si je ne me trompe, répondit Van Mitten, nous sommes sur la place de Top-Hané, à l'extrémité même de la Corne-d'Or. Voici le Bosphore qui baigne la côte d'Asie, et de l'autre côté du port, tu peux apercevoir la pointe du Sérail et la ville turque qui s'étage au-dessus.

— Le sérail! s'écria Bruno. Quoi! c'est là le palais du Sultan, où il demeure avec ses quatre-vingt mille odalisques!

— Quatre-vingt mille, c'est beaucoup, Bruno! Je pense que c'est trop, — même pour un Turc! En Hollande, où l'on n'a qu'une femme, il est quelquefois bien difficile d'avoir raison dans son ménage!

— Bon! bon! mon maître! Ne parlons pas de cela!... Parlons-en le moins possible! »

Puis, Bruno, se retournant vers le café toujours désert :

« Eh! mais il me semble que voilà un café, dit-il. Nous nous sommes exténués à descendre ce faubourg de Péra! Le soleil de la Turquie chauffe comme une gueule de four, et je ne serais pas étonné que mon maître éprouvât le besoin de se rafraîchir!

— Une façon de dire que tu as soif! répondit Van Mitten. — Eh bien, entrons dans ce café. »

Et tous deux allèrent s'asseoir à une petite table, devant la façade de l'établissement.

« Cawadji ? » cria Bruno, en frappant à l'européenne.

Personne ne parut.

Bruno appela d'une voix forte.

Le propriétaire du café se montra au fond de sa boutique, mais ne mit aucun empressement à venir.

« Des étrangers! murmura-t-il, dès qu'il aperçut les deux clients installés devant la table! Croient-ils donc vraiment que... »

Enfin, il s'approcha.

— Cawadji, servez-nous un flacon d'eau de cerise, bien fraîche! demanda Van Mitten.

— Au coup de canon! répondit le cafetier.

— Comment, de l'eau de cerise au coup de canon? s'écria Bruno! Mais non à la menthe, cawadji, à la menthe!

— Si vous n'avez pas d'eau de cerise, reprit Van Mitten, donnez-nous un verre de rahtlokoum rose! Il paraît que c'est excellent, si je m'en rapporte à mon guide!

— Au coup de canon! répondit une seconde fois le cafetier, en haussant les épaules.

— Mais à qui en a-t-il, avec son coup de canon? répliqua Bruno en interrogeant son maître.

— Voyons! reprit celui-ci, toujours accommodant, si vous n'avez pas de rahtlokoum, donnez-nous une tasse de moka... un sorbet... ce qu'il vous plaira, mon ami!

— Au coup de canon!

— Au coup de canon? répéta Van Mitten.

— Pas avant! » dit le cafetier.

Et, sans plus de façons, il rentra dans son établissement.

« Allons, mon maître, dit Bruno, quittons cette boutique! Il n'y a rien à faire ici! Voyez-vous, ce malotru de Turc, qui vous répond par des coups de canon!

— Viens, Bruno, répondit Van Mitten. Nous trouverons, sans doute, quelque autre cafetier de meilleure composition! »

Et tous deux revinrent sur la place.

« Décidément, mon maître, dit Bruno, il n'est pas trop tôt que nous rencontrions votre ami le seigneur Kéraban. Nous saurions maintenant à quoi nous en tenir, s'il eût été à son comptoir!

— Oui, Bruno, mais un peu de patience! On nous a dit que nous le trouverions sur cette place...

— Pas avant sept heures, mon maître! C'est ici, à l'échelle de Top-Hané, que son caïque doit venir le prendre pour le transporter, de l'autre côté du Bosphore, à sa villa de Scutari.

— En effet, Bruno, et cet estimable négociant saura bien nous mettre au courant de ce qui se passe ici! Ah! celui-là, c'est un véritable Osmanli, un fidèle de ce parti des Vieux Turcs, qui ne veu-

lent rien admettre des choses actuelles, pas plus
dans les idées que dans les usages, qui protestent
contre toutes les inventions de l'industrie moderne, qui prennent une diligence de préférence à
un chemin de fer, et une tartane de préférence à
un bateau à vapeur! Depuis vingt ans que nous
faisons des affaires ensemble, je ne me suis jamais
aperçu que les idées de mon ami Kéraban aient
varié, si peu que ce soit. Quand, voilà trois ans,
il est venu me voir à Rotterdam, il est arrivé
en chaise de poste, et, au lieu de huit jours, il a
mis un mois à s'y rendre! Vois-tu, Bruno, j'ai vu
bien des entêtés dans ma vie, mais d'un entêtement comparable au sien, jamais!

— Il sera singulièrement surpris de vous rencontrer ici, à Constantinople! dit Bruno.

— Je le crois, répondit Van Mitten, et j'ai préféré lui faire cette surprise! Mais, au moins, dans
sa société, nous serons en pleine Turquie. Ah! ce
n'est pas mon ami Kéraban qui consentira jamais
à revêtir le costume du Nizam, la redingote bleue
et le fez rouge de ces nouveaux Turcs!...

— Lorsqu'ils ôtent leur fez, dit en riant Bruno,
ils ont l'air de bouteilles qui se débouchent.

— Ah! ce cher et immutable Kéraban! reprit Van

Mitten. Il sera vêtu comme il l'était lorsqu'il est venu me voir là-bas, à l'autre bout de l'Europe, turban évasé, cafetan jonquille ou cannelle...

— Un marchand de dattes, quoi! s'écria Bruno.

— Oui, mais un marchand de dattes qui pourrait vendre des dattes d'or... et même en manger à tous ses repas! Voilà! Il a fait le vrai commerce qui convienne à ce pays! Négociant en tabac! Et comment ne pas faire fortune dans une ville où tout le monde fume du matin au soir, et même du soir au matin?

— Comment, on fume? s'écria Bruno. Mais où voyez-vous donc ces gens qui fument, mon maître? Personne ne fume, au contraire, personne! Et moi qui m'attendais à rencontrer devant leur porte des groupes de Turcs, enroulés dans les serpentins de leurs narghilés, ou le long tuyau de cerisier à la main et le bouquin d'ambre à la bouche! Mais non! Pas même un cigare! pas même une cigarette!

— C'est à n'y rien comprendre, Bruno, répondit Van Mitten, et, en vérité, les rues de Rotterdam sont plus enfumées de tabac que les rues de Constantinople!

— Ah çà! mon maître, dit Bruno, êtes-vous sûr

que nous ne nous soyons pas trompés de route?
Est-ce bien ici la capitale de la Turquie? Gageons
que nous sommes allés à l'opposé, que ceci n'est
point la Corne-d'Or, mais la Tamise, avec ses
mille bateaux à vapeur! Tenez, cette mosquée là-
bas, ce n'est pas Sainte-Sophie, c'est Saint-Paul!
Constantinople, cette ville? Jamais! C'est Londres!

— Modère-toi, Bruno, répondit Van Mitten. Je
te trouve beaucoup trop nerveux pour un enfant de
la Hollande! Reste calme, patient, flegmatique,
comme ton maître, et ne t'étonne de rien. Nous
avons quitté Rotterdam à la suite... de ce que tu
sais...

— Oui!... oui!... fit Bruno, en hochant la tête.

— Nous sommes venus par Paris, le Saint-
Gothard, l'Italie, Brindisi, la Méditerranée, et tu
aurais mauvaise grâce à croire que le paquebot
des Messageries nous a déposés à London-Bridge,
après huit jours de traversée, et non au pont de
Galata!

— Cependant... dit Bruno.

— Je t'engage même, en présence de mon ami
Kéraban, à ne point faire de ces sortes de plai-
santeries! Il pourrait bien les prendre fort mal,
discuter, s'entêter...

— On y veillera, mon maître, répondit Bruno. Mais, puisqu'on ne peut se rafraîchir ici, il est bien permis, je suppose, de fumer sa pipe ! — Vous n'y voyez aucun inconvénient ?

— Aucun, Bruno. En ma qualité de marchand de tabac, rien ne m'est plus agréable que de voir fumer les gens ! Je regrette même que la nature ne nous ait donné qu'une bouche ! Il est vrai que le nez est là pour priser le tabac...

— Et les dents pour le mâcher ! » répondit Bruno.

Et tout en parlant, il bourrait son énorme pipe de porcelaine peinturlurée ; puis, il l'alluma avec son briquet et en tira quelques bouffées, non sans une évidente satisfaction.

Mais, en ce moment, les deux Turcs, qui avaient si singulièrement protesté contre les abstinences du Ramadan, reparurent sur la place. Précisément, celui qui ne se gênait point de fumer sa cigarette aperçut Bruno, flânant, la pipe à la bouche.

« Par Allah ! dit-il à son compagnon, voilà encore un de ces maudits étrangers qui ose braver la défense du Koran ! Je ne le souffrirai pas...

— Éteins au moins ta cigarette ! lui répondit l'autre.

— Oui ! »

Et, jetant sa cigarette, il alla droit au digne Hollandais, qui ne s'attendait point à être interpellé de la sorte :

« Au coup de canon, » dit-il !

Et il lui arracha brusquement sa pipe.

« Eh ! ma pipe ! s'écria Bruno, que son maître cherchait vainement à contenir.

— Au coup de canon, chien de chrétien !

— Chien de Turc toi-même !

— Du calme, Bruno, dit Van Mitten.

— Qu'il me rende ma pipe, au moins ! répliqua Bruno.

— Au coup de canon ! répéta une dernière fois le Turc, en faisant disparaître la pipe dans les plis de son cafetan.

— Viens, Bruno, dit alors Van Mitten! Il ne faut jamais blesser les usages des pays que l'on visite !

— Des usages de voleurs !

— Viens, te dis-je. Mon ami Kéraban ne doit pas se trouver sur cette place avant sept heures. Continuons donc notre promenade, et nous le rejoindrons quand il en sera temps! »

Van Mitten entraîna Bruno, tout dépité d'avoir

été si violemment séparé d'une pipe, à laquelle il tenait en véritable fumeur.

Et, pendant qu'ils s'en allaient ainsi, les deux Turcs se disaient :

« En vérité, ces étrangers se croient tout permis !...

— Même de fumer avant le coucher du soleil !

— Veux-tu du feu ? ajouta l'un.

— Volontiers ! » répondit l'autre, en allumant une autre cigarette

II

OU L'INTENDANT SCARPANTE ET LE CAPITAINE YARHUD S'ENTRETIENNENT DE PROJETS QU'IL EST BON DE CONNAITRE.

Au moment où Van Mitten et Bruno suivaient le quai de Top-Hané, du côté de ce premier pont de bateaux de la Validèh-Sultane, qui met Galata en communication avec l'antique Stamboul à travers la Corne-d'Or, un Turc tournait rapidement le coin de la mosquée de Mahmoud et s'arrêtait sur la place.

Il était six heures alors. Pour la quatrième fois de la journée, les muezzins venaient de monter au balcon de ces minarets, dont le nombre n'est jamais inférieur à quatre pour les mosquées de fondation impériale. Leur voix avait lentement retenti au-dessus de la ville, appelant les fidèles à la prière, et lançant dans l'espace cette formule consacrée : « *La Ilah il Allah vé Mohammed reçoul*

Allah! » (Il n'y a de Dieu que Dieu, et Mahomet est le prophète de Dieu!)

Le Turc se retourna un instant, regarda les rares passants de la place, s'avança dans l'axe des diverses rues qui y aboutissent, cherchant à voir, non sans quelques symptômes d'impatience, s'il ne venait pas une personne qu'il attendait.

« Ce Yarhud n'arrivera donc pas! murmura-t-il. Il sait pourtant qu'il doit être ici à l'heure convenue! »

Le Turc fit encore quelques tours sur la place, il s'avança même jusqu'à l'angle nord de la caserne de Top-Hané, regarda dans la direction de la fonderie de canons, frappa du pied en homme qui n'aime pas à attendre et revint devant le café, où Van Mitten et son valet avaient demandé vainement à se rafraîchir.

Alors le Turc alla se placer à une des tables désertes et s'assit, sans rien réclamer du cawadji; scrupuleux observateur des jeûnes du Ramadan, il savait que l'heure n'était pas venue de débiter les boissons si variées des distilleries ottomanes.

Ce Turc n'était rien moins que Scarpante, l'intendant du seigneur Saffar, un riche Ottoman qui habitait Trébizonde, dans cette partie de la

Turquie d'Asie, dont se forme le littoral sud de la mer Noire.

En ce moment, le seigneur Saffar voyageait à travers les provinces méridionales de la Russie; puis, après avoir visité les districts du Caucase, il devait regagner Trébizonde, ne doutant pas que son intendant n'eût obtenu entier succès dans une entreprise dont il l'avait spécialement chargé. C'était en son palais, où s'étalait tout le faste d'une fortune orientale, au milieu de cette ville où ses équipages étaient cités pour leur luxe, que Scarpante devait le rejoindre, après avoir accompli sa mission. Le seigneur Saffar n'eût jamais admis qu'un homme à lui eût échoué, quand il lui avait ordonné de reussir. Il aimait à faire montre de la puissance que lui donnait l'argent. En tout et partout, il agissait avec une ostentation qui est assez dans les mœurs de ces nababs de l'Asie Mineure.

Cet intendant était un homme audacieux, propre à tous les coups de main, ne reculant devant aucun obstacle, décidé à satisfaire, *per fas et nefas*, les moindres désirs de son maître. C'est à ce propos qu'il venait d'arriver ce jour même à Constantinople, et qu'il attendait au rendez-vous convenu un certain capitaine maltais, lequel ne valait pas mieux que lui.

Ce capitaine, nommé Yarhud, commandait la tartane *Guïdare*, et faisait habituellement les voyages de la mer Noire. A son commerce de contrebande il joignait un autre commerce encore moins avouable d'esclaves noirs venus du Soudan, de l'Éthiopie ou de l'Égypte, et de Circassiennes ou de Géorgiennes, dont le marché se tient précisément dans ce quartier de Top-Hané, — marché sur lequel le gouvernement ferme trop volontiers les yeux.

Cependant, Scarpante attendait, et Yarhud n'arrivait pas. Bien que l'intendant restât impassible, que rien au dehors ne trahît ses pensées, une sorte de colère intérieure lui faisait bouillir le sang.

« Où est-il, ce chien? murmurait-il. Lui est-il survenu quelque contre-temps? Il a dû quitter Odessa avant-hier! Il devrait être ici, sur cette place, à ce café, à cette heure, où je lui ai donné rendez-vous!... »

En ce moment, un marin maltais parut à l'angle du quai. C'était Yarhud. Il regarda à droite, à gauche, et aperçut Scarpante. Celui-ci se leva aussitôt, quitta le café, et vint rejoindre le capitaine de la *Guïdare*, tandis que quelques passants, plus nombreux mais toujours silencieux, allaient et venaient au fond de la place.

« Je n'ai pas l'habitude d'attendre, Yarhud! dit Scarpante d'un ton auquel le Maltais ne pouvait se méprendre.

— Que Scarpante me pardonne, répondit Yarhud, mais j'ai fait toute la diligence possible pour être exact à ce rendez-vous.

— Tu arrives à l'instant?

— A l'instant, par le chemin de fer de Ianboli à Andrinople, et, sans un retard du train...

— Quand as-tu quitté Odessa?

— Avant-hier.

— Et ton navire?

— Il m'attend à Odessa, dans le port.

— Ton équipage, tu en es sûr?

— Absolument sûr! Des Maltais, comme moi, dévoués à qui les paye généreusement.

— Ils t'obéiront?...

— En cela, comme en tout.

— Bien! Quelles nouvelles m'apportes-tu, Yarhud?

-- Des nouvelles à la fois bonnes et mauvaises, répondit le capitaine, en baissant un peu la voix.

— Quelles sont les mauvaises, d'abord? demanda Scarpante.

— Les mauvaises, c'est que la jeune Amasia, la fille du banquier Sélim, d'Odessa, doit bientôt se marier! C'est que son enlèvement présentera plus de difficultés et demandera plus de hâte que si son mariage n'était ni décidé ni prochain!

— Ce mariage ne se fera pas, Yarhud! s'écria Scarpante un peu plus haut qu'il ne convenait. Non, par Mahomet, il ne se fera pas!

— Je n'ai pas dit qu'il se ferait, Scarpante, répondit Yarhud, j'ai dit qu'il devait se faire.

— Soit, répliqua l'intendant, mais avant trois jours, le seigneur Saffar entend que cette jeune fille soit embarquée pour Trébizonde; et, si tu le jugeais impossible...

— Je n'ai pas dit que c'était impossible, Scarpante. Rien n'est impossible avec de l'audace et de l'argent. J'ai simplement dit que ce serait plus difficile, voilà tout.

— Difficile! répondit Scarpante. Ce ne sera pas la première fois qu'une jeune fille turque ou russe aura disparu d'Odessa et manquera au logis paternel!

— Et ce ne sera pas la dernière, répondit

Yarhud, ou le capitaine de la *Guïdare* ne saurait plus son métier!

— Quel est l'homme que doit prochainement épouser la jeune Amasia? demanda Scarpante.

— Un jeune Turc, de même race qu'elle.

— Un Turc d'Odessa ?

— Non, de Constantinople.

— Et il se nomme?...

— Ahmet.

— Qu'est-ce que cet Ahmet ?

— Le neveu et l'unique héritier d'un riche négociant de Galata, le seigneur Kéraban.

— Que fait ce Kéraban ?

— Le commerce des tabacs, dans lequel il a gagné une grande fortune. Il a pour correspondant à Odessa le banquier Sélim. Ils font ensemble d'importantes affaires et se rendent souvent visite. C'est dans ces circonstances qu'Ahmet a connu Amasia. C'est de cette façon que le mariage a été décidé entre le père de la jeune fille et l'oncle du jeune homme.

— Où le mariage doit-il se faire? demanda Scarpante. Est-ce ici, à Constantinople ?

— Non, à Odessa.

— A quelle époque ?

— Je ne sais, mais il est à craindre que, sur les instances du jeune Ahmet, il ne se fasse d'un jour à l'autre.

— Il n'y a donc pas un instant à perdre ?

— Pas un !

— Où est maintenant cet Ahmet ?

— A Odessa.

— Et ce Kéraban ?

— A Constantinople.

— As-tu vu ce jeune homme, Yarhud, pendant le temps qui s'est écoulé entre ton arrivée à Odessa et ton départ ?

— J'avais intérêt à le voir, à le connaître, Scarpante... Je l'ai vu et je le connais.

— Comment est-il ?

— C'est un jeune homme fait pour plaire, et qui plaît à la fille du banquier Sélim.

— Est-il à redouter ?

— On le dit très brave, très résolu, et, dans cette affaire, il faudra compter avec lui !

— Est-il indépendant par sa position, par sa fortune? demanda Scarpante, en insistant sur les divers traits du caractère de ce jeune Ahmet, qui ne laissait pas de l'inquiéter.

— Non, Scarpante, répondit Yarhud. Ahmet

dépend de son oncle et tuteur, le seigneur Kéraban, qui l'aime comme un fils et qui, bientôt sans
doute, doit se rendre à Odessa pour la conclusion
de ce mariage.

— Ne pourrait-on retarder le départ de ce Kéraban?

— Ce serait ce qu'il y aurait de mieux à faire,
et cela nous donnerait plus de temps pour agir.
Quant à la manière de s'y prendre?...

— C'est à toi de l'imaginer, Yarhud, répondit
Scarpante, mais il faut que les volontés du seigneur Saffar s'accomplissent et que la jeune Amasia
soit transportée à Trébizonde. Ce ne sera pas
la première fois que la tartane la *Guïdare* aura
visité, pour son compte, le littoral de la mer Noire,
et tu sais comment il paye les services...

— Je le sais, Scarpante.

— Or, le seigneur Saffar a vu cette jeune fille, rien
qu'un instant, dans son habitation d'Odessa, sa
beauté l'a séduit, et elle ne sera pas à plaindre
d'avoir échangé la maison du banquier Sélim pour
son palais de Trébizonde! Amasia sera donc enlevée, et si ce n'est pas par toi, Yarhud, ce sera
par un autre!

— Ce sera par moi, vous pouvez y compter!

répondit simplement le capitaine maltais. Je vous ai dit les nouvelles mauvaises, voici maintenant quelles sont les bonnes.

— Parle, répondit Scarpante, qui, après avoir fait quelques pas en réfléchissant, revint près de Yarhud.

— Si le mariage projeté, reprit le Maltais, rend plus difficile d'enlever la jeune fille, puisque Ahmet ne la quitte pas, il me fournit l'occasion de pénétrer dans la maison du banquier Sélim. En effet, je suis non seulement un capitaine, mais un trafiquant. La *Guïdare* a une riche cargaison, étoffes de soie de Brousse, pelisses de martre et de zibeline, brocarts diamantés, passementeries travaillées par les plus habiles trayeurs d'or de l'Asie Mineure, et cent objets qui peuvent exciter la convoitise d'une jeune fiancée. Au moment de son mariage, elle se laissera aisément tenter. Je pourrai sans doute l'attirer à bord, profiter d'un vent favorable et prendre la mer, avant qu'on ait eu connaissance de l'enlèvement.

— Cela me paraît bien imaginé, Yarhud, répondit Scarpante, et je ne doute pas que tu ne réussisses! Mais aie bien soin que tout ceci se fasse dans le plus grand secret!

— Soyez sans inquiétude, Scarpante, répondit Yarhud.

— L'argent ne te manque pas?

— Non, et il ne manquera jamais avec un seigneur aussi généreux que votre maître.

— Ne perds pas de temps! Le mariage fait, Amasia est la femme d'Ahmet, répondit Scarpante, et ce n'est pas la femme d'Ahmet que le seigneur Saffar compte trouver à Trébizonde!

— Cela est compris.

— Ainsi donc, dès que la fille du banquier Sélim sera à bord de la *Guïdare*, tu feras route?...

— Oui, car, avant d'agir, j'aurai eu soin d'attendre quelque brise d'ouest bien établie.

— Et combien de temps te faut-il, Yarhud, pour aller directement d'Odessa à Trébizonde?

— En comptant avec les retards possibles, les calmes de l'été ou les vents qui changent fréquemment sur la mer Noire, la traversée peut durer trois semaines.

— Bien! répondit Scarpante. Je serai de retour à Trébizonde vers cette époque, et mon maître ne tardera pas à y arriver.

— J'espère y être avant vous.

— Les ordres du seigneur Saffar sont formels et

te prescrivent d'avoir tous les égards possibles pour cette jeune fille. Ni brutalité, ni violence, quand elle sera à ton bord!...

— Elle sera respectée comme le veut le seigneur Saffar, et comme il le serait lui-même!

— Je compte sur ton zèle, Yarhud!

— Il vous est tout acquis, Scarpante.

— Et sur ton adresse!

— En vérité, dit Yarhud, je serais plus certain de réussir si ce mariage était retardé, et il pourrait l'être au cas où quelque obstacle empêcherait le départ immédiat du seigneur Kéraban!..

— Le connais-tu, ce négociant?

— Il faut toujours connaître ses ennemis, ou ceux qui doivent le devenir, répondit le Maltais. Aussi, mon premier soin, en arrivant ici, a-t-il été de me présenter à son comptoir de Galata sous prétexte d'affaires.

— Tu l'as vu?...

— Un instant, mais cela a suffi, et... »

En ce moment, Yarhud se rapprocha vivement de Scarpante, et lui parlant à voix basse :

« Eh! Scarpante, dit-il, voilà au moins un hasard singulier, et peut-être une heureuse rencontre!

— Qu'est-ce donc?

— Ce gros homme qui descend la rue de Péra,
en compagnie de son serviteur...

— Ce serait lui?

— Lui-même, Scarpante, répondit le capitaine.
Tenons-nous à l'écart, et ne le perdons pas de vue!
Je sais que, chaque soir, il retourne à son habitation de Scutari, et, s'il le faut, pour tâcher de
savoir s'il compte bientôt partir, je le suivrai de
l'autre côté du Bosphore! »

Scarpante et Yarhud, se mêlant aux passants,
dont le nombre s'accroissait sur la place de Top-
Hané, se tinrent donc à portée de voir et d'entendre, chose facile, car le « seigneur Kéraban »,
— ainsi l'appelait-on le plus communément dans
le quartier de Galata, — parlait volontiers à haute
voix et ne cherchait jamais à dissimuler son importante personne.

III

DANS LEQUEL LE SEIGNEUR KÉRABAN EST TOUT SURPRIS DE SE RENCONTRER AVEC SON AMI VAN MITTEN.

Le seigneur Kéraban, pour employer une expression moderne, était un « homme de surface, » au physique comme au moral, — quarante ans par sa figure, cinquante au moins par sa corpulence, en réalité quarante-cinq ; mais sa figure était intelligente, son corps majestueux. Une barbe, déjà grisonnante, à deux pointes, qu'il tenait plutôt courte que longue, des yeux noirs, fins, acérés, d'un regard très vif, aussi sensibles aux impressions les plus fugitives que le plateau d'une balance de précision à des différences d'un dixième de carat, un menton carré, un nez en bec de perroquet, mais sans exagération, qui allait bien avec l'acuité des yeux, une bouche aux lèvres serrées, ne se desserrant que pour montrer des dents d'une écla-

3

tante blancheur, un front haut, bien encadré, avec
un pli vertical, un vrai pli d'entêtement entre les
deux sourcils d'un noir de jais, tout cet ensemble
lui faisait une physionomie particulière, la physionomie d'un homme original, personnel, très en
dehors, qu'on ne pouvait oublier, lorsqu'elle avait,
ne fût-ce qu'une fois, attiré l'attention.

Quant au costume du seigneur Kéraban, c'était
celui des Vieux Turcs, restés fidèles à l'ancien habillement du temps des Janissaires : le large turban
évasé, la vaste culotte flottante, tombant sur les
paboudj en maroquin, le gilet sans manches,
garni de gros boutons coupés à facettes et passe-
menté de soie, la ceinture de châle contenant l'ex
pansion d'un ventre bien porté d'ailleurs, et enfin
le cafetan jonquille, dont les plis se drapaient
majestueusement. Donc, rien d'européanisant dans
cette antique façon de s'habiller, qui contrastait
avec le vêtement des Orientaux de la nouvelle
époque. C'était une manière de repousser les in-
vasions de l'industrialisme, une protestation en
faveur de la couleur locale qui tend à disparaître,
un défi porté aux arrêtés du sultan Mahmoud, dont
la toute-puissance a décrété le moderne costume
des Osmanlis.

Inutile d'ajouter que le serviteur du seigneur Kéraban, un garçon de vingt-cinq ans, nommé Nizib, maigre à désespérer le Hollandais Bruno, avait aussi le vieux costume turc. Comme il ne contrariait en rien son maître, le plus entêté des hommes, il ne l'eût point contrarié en cela. C'était un valet dévoué, mais absolument dépourvu d'idées personnelles. Il disait toujours oui, d'avance, et, comme un écho, répétait inconsciemment les fins de phrase du redoutable négociant. C'était le plus sûr moyen d'être toujours de son avis, et de ne pas s'attirer quelque rebuffade, dont le seigneur Kéraban se montrait volontiers prodigue.

Tous deux arrivaient sur la place de Top-Hané par une des rues étroites et ravinées qui descendent du faubourg de Péra. Suivant son habitude, le seigneur Kéraban parlait à haute voix, sans se soucier aucunement d'être ou de ne pas être entendu.

« Eh bien, non! disait-il. Qu'Allah nous protège, mais du temps des Janissaires, chacun avait le droit d'agir à sa guise, lorsque le soir était venu! Non! je ne me soumettrai pas à leurs nouveaux règlements de police, et j'irai par les rues, sans lanterne à la main, si cela me plaît, quand je devrais tomber dans une fondrière, ou me faire happer aux mollets par quelque chien errant !

— Chien errant!... répondit Nizib.

— Et tu n'as pas besoin de me fatiguer les oreilles avec tes sottes remontrances, ou, par Mahomet, j'allongerai les tiennes à rendre jaloux un âne et son ânier!

— Et son ânier!... répondit Nizib, qui, d'ailleurs, n'avait fait aucune remontrance, comme bien l'on pense.

— Et si le maître de police me met à l'amende, reprit le têtu personnage, je payerai l'amende! Et s'il me met en prison, j'irai en prison ! Mais je ne céderai ni sur ce point ni sur aucun autre! »

Nizib fit un signe d'assentiment. Il était prêt à suivre son maître en prison si les choses en arrivaient là.

« Ah! messieurs les nouveaux Turcs! s'écria le seigneur Kéraban, en voyant passer quelques Constantinopolitains, vêtus de la redingote droite et coiffés du fez rouge. Ah! vous voulez nous faire la loi, rompre avec les anciens usages! Eh bien, quand je devrais être le dernier à protester!...Nizib, as-tu bien dit à mon caïdji de se trouver avec son caïque à l'échelle de Top-Hané dès sept heures?

— Dès sept heures !

— Pourquoi n'est-il pas là?

— Pourquoi n'est-il pas là? répondit Nizib.

— En vérité, c'est qu'il n'est pas encore sept heures.

— Il n'est pas sept heures.

— Et qu'en sais-tu?

— Je le sais, parce que vous le dites, mon maître.

— Et si je disais qu'il est cinq heures?

— Il serait cinq heures, répondit Nizib.

— On n'est pas plus stupide !

— Non, pas plus stupide.

— Ce garçon-là, murmura Kéraban, à force de ne pas me contredire, finira par me contrarier! »

En ce moment, Van Mitten et Bruno reparaissaient sur la place, et Bruno répétait du ton d'un homme désappointé :

« Allons-nous-en, mon maître, allons-nous-en, et repartons par le premier train! Ça, Constantinople! Ça, la capitale du Commandeur des Croyants?... Jamais!

— Du calme, Bruno, du calme! » répondait Van Mitten.

Le soir commençait à se faire. Le soleil, caché

derrière les hauteurs de l'antique Stamboul, laissait déjà la place de Top-Hané dans une sorte de pénombre. Van Mitten ne reconnut donc pas le seigneur Kéraban, qui se croisait avec lui, au moment où il se dirigeait vers les quais de Galata. Il arriva même que, suivant une direction inverse, tous deux se heurtèrent, cherchant en même temps à passer à droite, puis à passer à gauche. De cette contrariété de leurs mouvements, il se produisit là une demi-minute de balancements quelque peu ridicules.

« Eh! monsieur, je passerai! dit Kéraban, qui n'était point homme à céder le pas.

— Mais... fit Van Mitten, en essayant, lui, de se ranger poliment, sans y parvenir.

— Je passerai quand même!...

— Mais... » répéta Van Mitten.

Puis, tout à coup, reconnaissant à qui il avait affaire :

« Eh! mon ami Kéraban! s'écria-t-il.

— Vous!... vous!... Van Mitten!... répondit Kéraban, au comble de la surprise. Vous!... ici?... à Constantinople?

— Moi-même!

— Depuis quand?

— Depuis ce matin!

— Et votre première visite n'a pas été pour moi... moi?

— Elle a été pour vous, au contraire, répondit le Hollandais. Je me suis rendu à votre comptoir, mais vous n'y étiez plus, et l'on m'a dit qu'à sept heures je vous trouverais sur cette place...

— Et on a eu raison, Van Mitten! s'écria Kéraban, en serrant, avec une vigueur qui touchait à la violence, la main de son correspondant de Rotterdam. Ah! mon brave Van Mitten, jamais, non! jamais, je ne me serais attendu à vous voir à Constantinople!... Pourquoi ne pas m'avoir écrit?

— J'ai quitté si précipitamment la Hollande!

— Un voyage d'affaires?

— Non... un voyage... d'agrément! Je ne connaissais ni Constantinople ni la Turquie, et j'ai voulu vous rendre ici la visite que vous m'aviez faite à Rotterdam.

— C'est bien, cela!... Mais il me semble que je ne vois pas avec vous madame Van Mitten?

— En effet... je ne l'ai point amenée! répondit le Hollandais, non sans une certaine hésitation. Madame Van Mitten ne se déplace pas facilement!.. Aussi suis-je venu seul avec mon valet Bruno.

— Ah! ce garçon? dit le seigneur Kéraban, en faisant un petit signe à Bruno, qui crut devoir s'incliner à la turque, et ramener ses bras à son chapeau, comme les deux anses d'une amphore.

— Oui, reprit Van Mitten, ce brave garçon, qui voulait déjà m'abandonner et repartir pour...

— Repartir! s'écria Kéraban. Repartir, sans que je lui en aie donné la permission!

— Oui, ami Kéraban. Il ne la trouve pas trop gaie ni très vivante, cette capitale de l'empire ottoman!

— Un mausolée! répondit Bruno! Personne dans les magasins!... Pas une voiture sur les places!... Des ombres qui passent dans les rues, et qui vous volent votre pipe!

— Mais c'est le Ramadan, Van Mitten! répondit le seigneur Kéraban. Nous sommes en plein Ramadan!

— Ah! c'est le Ramadan? reprit Bruno. Alors tout s'explique! — Eh, s'il vous plaît, qu'est-ce que cela, le Ramadan?

— Un temps de jeûne et d'abstinence, répondit Kéraban. Pendant toute sa durée, il est défendu de boire, de fumer, de manger, entre le lever et le coucher du soleil. Mais, dans une demi-heure, au coup de canon qui annoncera la fin du jour...

— Ah! voilà donc ce qu'ils veulent dire avec leur coup de canon! s'écria Bruno.

— On se dédommagera gaiement pendant toute la nuit des abstinences de la journée!

— Ainsi, demanda Bruno à Nizib, vous n'avez encore rien pris depuis ce matin, parce que c'est le Ramadan?

— Parce que c'est le Ramadan, répondit Nizib.

— Eh bien, voilà qui me ferait maigrir! s'écria Bruno. Voilà qui me coûterait une livre par jour... au moins!

— Au moins! répondit Nizib.

— Mais vous allez voir cela, au coucher du soleil, Van Mitten, reprit Kéraban, et vous serez émerveillé! Ce sera comme une transformation magique, qui d'une ville morte fera une ville vivante! Ah! messieurs les nouveaux Turcs, vous n'avez pas encore pu modifier ces vieux usages avec toutes vos absurdes innovations! Le Koran tient bon contre vos sottises! Que Mahomet vous étrangle!

— Bon! ami Kéraban, répondit Van Mitten, je vois que vous êtes toujours fidèle aux anciennes coutumes?

— C'est plus que de la fidélité, Van Mitten, c'est

3.

de l'entêtement! — Mais, dites-moi, mon digne ami, vous restez quelques jours à Constantinople, n'est-ce pas?

— Oui... et même...

— Eh bien, vous m'appartenez! Je m'empare de votre personne! Vous ne me quitterez plus!

— Soit!... Je vous appartiens!

— Et toi, Nizib, tu t'occuperas de ce garçon-là, ajouta Kéraban, en montrant Bruno. Je te charge spécialement de modifier ses idées sur notre merveilleuse capitale! »

Nizib fit un signe d'assentiment et entraîna Bruno au milieu de la foule, qui devenait plus compacte.

« Mais, j'y pense! s'écria tout à coup le seigneur Kéraban. Vous arrivez à propos, ami Van Mitten! Six semaines plus tard, vous ne m'eussiez plus trouvé à Constantinople.

— Vous, Kéraban?

— Moi! j'aurais été parti pour Odessa!

— Pour Odessa?

— Eh bien, si vous êtes encore ici, nous partirons ensemble! Au fait, pourquoi ne m'accompagneriez-vous pas?

— C'est que... répondit Van Mitten.

— Vous m'accompagnerez, vous dis-je!

— Je comptais me reposer ici des fatigues d'un voyage, qui a été quelque peu rapide!...

— Soit! Vous vous reposerez ici!... Puis, vous vous reposerez à Odessa, pendant trois bonnes semaines!

— Ami Kéraban...

— Je l'entends ainsi, Van Mitten! Vous n'allez pas, dès votre arrivée, me contrarier, je suppose? Vous le savez, quand j'ai raison, je ne cède pas facilement!

— Oui... je sais!... répondit Van Mitten.

— D'ailleurs, reprit Kéraban, vous ne connaissez pas mon neveu Ahmet, et il faut que vous fassiez connaissance avec lui!

— Vous m'avez, en effet, parlé de votre neveu...

— Autant dire mon fils, Van Mitten, puisque je n'ai pas d'enfant. Vous savez, les affaires!... les affaires!... Je n'ai jamais trouvé cinq minutes pour me marier!

— Une minute suffit! répondit gravement Van Mitten, et souvent même... une minute, c'est trop!

— Vous rencontrerez donc Ahmet à Odessa! reprit Kéraban. Un charmant garçon!... Il déteste les affaires, par exemple, un peu artiste, un peu poète, mais charmant... charmant!... Il ne ressemble point à son oncle et lui obéit sans bron-cher.

— Ami Kéraban...

— Oui!... oui!... je m'entends!... C'est pour son mariage que nous irons à Odessa.

— Son mariage?...

— Sans doute! Ahmet épouse une jolie per-sonne... la jeune Amasia... la fille de mon banquier Sélim, un vrai Turc, comme moi! Nous aurons des fêtes! Ce sera superbe! Vous en serez!

— Mais... j'aurais préféré... dit Van Mitten, qui voulut encore soulever une dernière objection.

— C'est convenu! répondit Kéraban. Vous n'avez pas la prétention de me résister, n'est-ce pas?

— Je le voudrais... répondit Van Mitten.

— Que vous ne le pourriez pas! »

En ce moment, Scarpante et le capitaine mal-tais, qui se promenaient au fond de la place, s'ap-prochèrent. Le seigneur Kéraban disait alors à son compagnon :

« C'est entendu! Dans six semaines, au plus tard, nous partirons tous les deux pour Odessa!

— Et le mariage se fera?... demanda Van Mitten.

— Aussitôt notre arrivée, » répondit Kéraban.

Yarhud s'était penché à l'oreille de Scarpante :

« Six semaines ! Nous aurons le temps d'agir ! »

— Oui, mais le plus tôt sera le mieux ! répondit Scarpante. N'oublie pas, Yarhud, qu'avant six semaines, le seigneur Saffar sera de retour à Trébizonde ! »

Et tous deux continuèrent à aller et venir, l'œil aux aguets, l'oreille aux écoutes.

Pendant ce temps, le seigneur Kéraban continuait de causer avec Van Mitten et disait :

« Mon ami Sélim, toujours pressé, et mon neveu Ahmet, plus impatient encore, voulaient conclure le mariage immédiatement. Ils ont un motif pour cela, je dois le dire. Il faut que la fille de Sélim soit mariée avant d'avoir atteint ses dix-sept ans, ou elle perdra quelque chose comme cent mille livres turques ¹ qu'une vieille folle de tante lui a léguées à cette condition. Mais ses dix-sept ans, elle ne les aura que dans six semaines ! Aussi je leur ai fait entendre raison, en disant : Que cela vous convienne ou non, le mariage ne se fera pas avant la fin du mois prochain.

— Et votre ami Sélim s'est rendu?... demanda Van Mitten.

1. Environ 2 250 000 francs.

— Naturellement!

— Et le jeune Ahmet?

— Moins facilement, répondit Kéraban. Il adore cette jolie Amasia, et je l'approuve! Il a le temps, lui! Il n'est pas dans les affaires, lui! Hein! vous devez comprendre cela, ami Van Mitten, vous qui avez épousé la belle madame Van...

— Oui, ami Kéraban, dit le Hollandais... Il y a si longtemps déjà... que c'est à peine si je me souviens!

— Mais au fait, ami Van Mitten, si, en Turquie, il est malséant de demander à un Turc des nouvelles des femmes de son harem, il n'est pas défendu vis-à-vis d'un étranger... Madame Van Mitten se porte?...

— Oh! très bien... très bien!... répondit Van Mitten, que ces politesses de son ami semblaient mettre mal à son aise. Oui... très bien!... Toujours souffrante, par exemple!... Vous savez... les femmes...

— Mais non, je ne sais pas! s'écria le seigneur Kéraban en riant d'un bon rire. Les femmes! jamais! Les affaires tant qu'on voudra! Tabacs de Macédoine pour nos fumeurs de cigarettes, tabacs de Perse pour nos fumeurs de narghilés! Et mes correspondants de Salonique, d'Erzeroum, de Latakié, de Bafra, de Trébizonde, sans oublier mon ami Van Mitten, de Rotterdam! Depuis trente ans, en ai-je expédié de ces ballots de tabac aux quatre coins de l'Europe!

— Et fumé! dit Van Mitten.

— Oui, fumé... comme une cheminée d'usine! Et je vous demande s'il est quelque chose de meilleur au monde?

— Non, certes, ami Kéraban.

— Voilà quarante ans que je fume, ami Van-Mitten, fidèle à mon chibouk, fidèle à mon narghilé! C'est là tout mon harem, et il n'y a pas de femme qui vaille une pipe de tombéki!

— Je suis bien de votre avis! répondit le Hollandais.

— A propos, reprit Kéraban, puisque je vous tiens, je ne vous abandonne plus! Mon caïque va venir me prendre pour traverser le Bosphore. Je dîne à ma villa de Scutari, et je vous emmène...

— C'est que...

— Je vous emmène, vous dis-je! Allez-vous faire des façons, maintenant... avec moi?

— Non, j'accepte, ami Kéraban! répondit Van Mitten. Je vous appartiens corps et âme!

— Vous verrez, reprit le seigneur Kéraban, vous verrez quelle charmante habitation je me suis construite, sous les noirs cyprès, à mi-colline de Scutari, avec la vue du Bosphore et tout le panorama de Constantinople! Ah! la vraie Turquie est toujours sur cette côte asiatique! Ici, c'est l'Europe, mais là-bas, c'est l'Asie, et nos progressistes en redingote ne sont pas près d'y faire passer leurs idées! Elles se noieraient en traversant le Bosphore! Ainsi, nous dînons ensemble!

— Vous faites de moi ce que vous voulez!

— Et il faut vous laisser faire! » répondit Kéraban.

Puis, se retournant :

« Où donc est Nizib? — Nizib!... Nizib!... »

Nizib, qui se promenait avec Bruno, entendit la voix de son maître, et tous deux accoururent.

« Eh bien, demanda Kéraban, ce caïdji, il n'arrivera donc pas avec son caïque?

— Avec son caïque?... répondit Nizib.

— Je le ferai bâtonner, bien sûr! s'écria Kéraban! Oui, cent coups de bâton!

— Oh! fit Van Mitten.

— Cinq cents!

— Oh! fit Bruno.

— Mille!... si l'on me contrarie!

— Seigneur Kéraban, répondit Nizib, je l'aper-
çois, votre caïdji. Il vient de quitter la pointe du
Sérail, et, avant dix minutes, il aura accosté l'échelle
de Top-Hané. »

Et, pendant que le seigneur Kéraban piétinait
d'impatience au bras de Van Mitten, Yarhud et
Scarpante ne cessaient de l'observer.

IV

DANS LEQUEL LE SEIGNEUR KÉRABAN,
ENCORE PLUS ENTÊTÉ QUE JAMAIS,
TIENT TÊTE AUX AUTORITÉS OTTOMANES.

Cependant, le caïdji était arrivé et venait prévenir le seigneur Kéraban que son caïque l'attendait à l'échelle.

Les caïdjis se comptent par milliers sur les eaux du Bosphore et de la Corne-d'Or. Leurs barques, à deux rames, pareillement effilées de l'avant et de l'arrière, de manière à pouvoir se diriger dans les deux sens, ont la forme de patins de quinze à vingt pieds de longueur, faits de quelques planches de hêtre ou de cyprès, sculptées ou peintes à l'intérieur. C'est merveilleux de voir avec quelle rapidité ces sveltes embarcations se glissent, s'entre-croisent, se devancent dans ce magnifique détroit, qui sépare le littoral des deux continents. L'importante corporation des caïdjis est chargée de ce service depuis la mer de Marmara jusqu'au delà du château d'Europe et du château d'Asie, qui se font face dans le nord du Bosphore.

Ce sont de beaux hommes, le plus générale-mnt, vêtus du burudjuk, sorte de chemise de soie, d'un yelek à couleurs vives, soutaché de broderies d'or, d'un caleçon de coton blanc, coiffés d'un fez, chaussés de yéménis, jambes nues, bras nus.

Si le caïdji du seigneur Kéraban, — c'était celui qui le conduisait à Scutari chaque soir et l'en ramenait chaque matin, — si ce caïdji fut mal reçu pour avoir tardé de quelques minutes, il est inutile d'y insister. Le flegmatique marinier ne s'en émut pas autrement, d'ailleurs, sachant bien qu'il fallait laisser crier une si excellente pratique, et il ne répondit qu'en montrant le caïque amarré à l'échelle.

Donc, le seigneur Kéraban, accompagné de Van Mitten, suivi de Bruno et de Nizib, se dirigeait vers l'embarcation, lorsqu'il se fit un certain mouvement dans la foule sur la place de Top-Hané.

Le seigneur Kéraban s'arrêta.

« Qu'y a-t-il donc? » demanda-t-il.

Le chef de police du quartier de Galata, entouré

de gardes qui faisaient ranger le populaire, arrivait en ce moment sur la place. Un tambour et un trompette l'accompagnaient. L'un fit un roulement, l'autre un appel, et le silence s'établit peu à peu parmi cette foule, composée d'éléments assez hétérogènes, asiatiques et européens.

· « Encore quelque proclamation inique, sans doute! » murmura le seigneur Kéraban, du ton d'un homme qui entend se maintenir dans son droit, partout et toujours.

Le chef de police tira alors un papier, revêtu des sceaux réglementaires, et d'une voix haute, il lut l'arrêté suivant :

« Par ordre du Muchir, présidant le Conseil de police, un impôt de dix paras, à partir de ce jour, est établi sur toute personne qui voudra traverser le Bosphore pour aller de Constantinople à Scutari ou de Scutari à Constantinople, aussi bien par les caïques que par toute autre embarcation à voile ou à vapeur. Quiconque refusera d'acquitter cet impôt sera passible de prison et d'amende.

« Fait au palais, ce 16 présent mois

« Signé : LE MUCHIR. »

Des murmures de mécontentement accueilliren

cette nouvelle taxe, équivalant environ à cinq centimes de France par tête.

« Bon ! un nouvel impôt ! s'écria un Vieux Turc, qui, cependant, aurait dû être bien habitué à ces caprices financiers du Padischah.

— Dix paras ! Le prix d'une demi-tasse de café ! » répondit un autre.

Le chef de police, sachant bien qu'en Turquie, comme partout, on payerait après avoir murmuré, allait quitter la place, lorsque le seigneur Kéraban s'avança vers lui.

« Ainsi, dit-il, voilà une nouvelle taxe à l'adresse de tous ceux qui voudront traverser le Bosphore ?

— Par arrêté du Muchir », répondit le chef de police. ·

Puis, il ajouta :

« Quoi ! C'est le riche Kéraban qui réclame ?...

— Oui, le riche Kéraban !

— Et vous allez bien, seigneur Kéraban !

— Très bien... aussi bien que les impôts ! — Ainsi, cet arrêté est exécutoire ?...

— Sans doute... depuis sa proclamation.

— Et si je veux me rendre ce soir... à Scutari... dans mon caïque, ainsi que j'ai l'habitude de le faire ?...

— Vous payerez dix paras.

— Et comme je traverse le Bosphore, matin et soir ?...

— Cela vous fera vingt paras par jour, répondit le chef de police. Une bagatelle pour le riche Kéraban !

— Vraiment ?

— Mon maître va se mettre une mauvaise affaire sur le dos ! murmura Nizib à Bruno.

— Il faudra bien qu'il cède !

— Lui ! Vous ne le connaissez guère ! »

Le seigneur Kéraban, qui venait de se croiser les bras, regarda bien en face le chef de police, les yeux dans les yeux, et, d'une voix sifflante, où l'irritation commençait à percer :

« Eh bien, voici mon caïdji qui vient m'avertir que son caïque est à ma disposition, dit-il, et comme j'emmène avec moi mon ami, monsieur Van Mitten, son domestique et le mien...

— Cela fera quarante paras, répondit le maître de police. Je répète que vous avez le moyen de payer !

— Que j'aie le moyen de payer quarante paras, reprit Kéraban, et cent, et mille, et cent mille, et cinq cent mille, c'est possible, mais je ne payerai rien et je passerai tout de même !

— Je suis fâché de contrarier le seigneur Kéraban, répondit le chef de police, mais il ne passera pas sans payer!

— Il passera sans payer!

— Non!

— Si!

— Ami Kéraban... dit Van Mitten, dans la louable intention de faire entendre raison au plus intraitable des hommes.

— Laissez-moi tranquille, Van Mitten! répondit Kéraban avec l'accent de la colère. L'impôt est inique, il est vexatoire! On ne doit pas s'y soumettre! Jamais, non, jamais le gouvernement des Vieux Turcs n'aurait osé frapper d'une taxe les caïques du Bosphore!

— Eh bien, le gouvernement des nouveaux Turcs, qui a besoin d'argent, n'a pas hésité à le faire! répondit le chef de police.

— Nous allons voir! s'écria Kéraban.

— Gardes, dit le chef de police en s'adressant aux soldats qui l'accompagnaient, vous veillerez à l'exécution du nouvel arrêté.

— Venez, Van Mitten, répliqua Kéraban, en frappant le sol du pied, venez, Bruno, et suis-nous, Nizib!

— Ce sera quarante paras... dit le chef de police.

— Quarante coups de bâton!» s'écria le seigneur Kéraban, dont l'irritation était au comble.

Mais, au moment où il se dirigeait vers l'échelle de Top-Hané, les gardes l'entourèrent, et il dut revenir sur ses pas.

« Laissez-moi! criait-il, en se débattant. Que pas un de vous ne me touche, même du bout du doigt! Je passerai, par Allah! et je passerai sans qu'un seul para sorte de ma poche!

— Oui, vous passerez, mais alors ce sera par la porte de la prison, répondit le chef de police, qui s'animait à son tour, et vous payerez une belle amende pour en sortir!

— J'irai à Scutari!

— Jamais, en traversant le Bosphore, et, comme il n'est pas possible de s'y rendre autrement...

— Vous croyez? répondit le seigneur Kéraban, les poings serrés, le visage porté au rouge apoplectique. Vous croyez?... Eh bien, j'irai à Scutari, et je ne traverserai pas le Bosphore, et je ne payerai pas...

— Vraiment!

— Quand je devrais... oui!... quand je devrais faire le tour de la mer Noire.

— Sept cents lieues pour économiser dix paras !
s'écria le chef de police, en haussant les épaules.

— Sept cents lieues, mille, dix mille, cent mille
lieues, répondit Kéraban, quand il ne s'agirait que
de cinq, que de deux, que d'un seul para !

— Mais, mon ami... dit Van Mitten.

— Encore une fois, laissez-moi tranquille !... répondit Kéraban, en repoussant son intervention.

— Bon ! Le voilà emballé ! se dit Bruno.

— Et je remonterai la Turquie, je traverserai
la Chersonèse, je franchirai le Caucase, j'enjam-
berai l'Anatolie, et j'arriverai à Scutari, sans avoir
payé un seul para de votre inique impôt !

— Nous verrons bien ! riposta le chef de police.

— C'est tout vu ! s'écria le seigneur Kéraban,
au comble de la fureur, et je partirai dès ce soir !

— Diable ! fit le capitaine Yarhud, en s'adressant à Scarpante, qui n'avait pas perdu un mot
de cette discussion si inattendue, voilà qui pourrait déranger notre plan !

— En effet, répondit Scarpante. Pour peu que
cet entêté persiste dans son projet, il va passer
par Odessa, et s'il se décide à conclure le mariage en passant !...

— Mais !... dit encore une fois Van Mitten, qui

4

voulut empêcher son ami Kéraban de faire une telle folie.

— Laissez-moi, vous dis-je !

— Et le mariage de votre neveu Ahmet ?

— Il s'agit bien de mariage ! »

Scarpante, prenant alors Yarhud à part :

« Il n'y a pas une heure à perdre !

— En effet, répondit le capitaine maltais, et, dès demain matin, je pars pour Odessa par le rai.way d'Andrinople. »

Puis tous deux se retirèrent.

En ce moment, le seigneur Kéraban s'était brusquement retourné vers son serviteur.

« Nizib ? dit-il.

— Mon maître ?

— Suis-moi au comptoir !

— Au comptoir ! répondit Nizib.

— Vous aussi, Van Mitten ! ajouta Kéraban.

— Moi ?

— Et vous également, Bruno.

— Que je...

— Nous partirons tous ensemble.

— Hein ! fit Bruno, qui dressa l'oreille.

— Oui ! Je vous ai invités à dîner à Scutari, dit le seigneur Kéraban à Van Mitten, et, par

Allah! vous dînerez à Scutari... à notre retour!

— Mais ce ne sera pas avant?... répondit le Hollandais, tout interloqué de la proposition.

— Ce ne sera pas avant un mois, avant un an, avant dix ans! répliqua Kéraban, d'une voix qui n'admettait pas la moindre contradiction, mais vous avez accepté mon dîner, et vous mangerez mon dîner!

— Il aura le temps de refroidir! murmura Bruno.

— Permettez, ami Kéraban...

— Je ne permets rien, Van Mitten. Venez! »

Et le seigneur Kéraban fit quelques pas vers le fond de la place.

« Il n'y a pas moyen de résister à ce diable d'homme! dit Van Mitten à Bruno.

— Comment, mon maître, vous allez céder à un pareil caprice?

— Que je sois ici ou ailleurs, Bruno, du moment que je ne suis plus à Rotterdam!

— Mais...

— Et, puisque je suis mon ami Kéraban, tu ne peux faire autrement que de me suivre!

— Voilà une complication!

— Partons, » dit le seigneur Kéraban.

Puis, s'adressant une dernière fois au chef de

police, dont le sourire narquois était bien fait pour l'exaspérer :

« Je pars, dit-il, et, en dépit de tous vos arrêtés, j'irai à Scutari, sans avoir traversé le Bosphore !

— Je me ferai un plaisir d'assister à votre arrivée, après un si curieux voyage! répondit le chef de police.

— Et ce sera pour moi une joie véritable de vous trouver à mon retour! répondit le seigneur Kéraban.

— Mais je vous préviens, ajouta le chef de police, que si la taxe est encore en vigueur...

— Eh bien?...

— Je ne vous laisserai pas repasser le Bosphore pour revenir à Constantinople, à moins de dix paras par tête !

— Et si votre taxe inique est encore en vigueur, répondit le seigneur Kéraban sur le même ton, je saurai bien revenir à Constantinople, sans qu'il vous tombe un para de ma poche! »

Là-dessus, le seigneur Kéraban, prenant Van Mitten par le bras, fit signe à Bruno et à Nizib de les suivre; puis, il disparut au milieu de la foule, qui salua de ses acclamations ce partisan du vieux parti turc, si tenace dans la défense de ses droits.

A cet instant, un coup de canon retentit au loin. Le soleil venait de se coucher sous l'horizon de la mer de Marmara, le jeûne du Ramadan était fini, et les fidèles sujets du Padischah pouvaient se dédommager des abstinences de cette longue journée.

Soudain, comme au coup de baguette de quelque génie, Constantinople se transforma. Au silence de la place de Top-Hané succédèrent des cris de joie, des hurrahs de plaisir. Les cigarettes, les chibouks, les narghilés s'allumèrent, et l'air s'emplit de leur vapeur odorante. Les cafés regorgèrent bientôt de consommateurs, assoiffés et affamés. Rôtisseries de toute espèce, yaourth, de lait caillé, kaimak, sorte de crème bouillie, kebab, tranches de mouton coupées en petits morceaux, galettes de baklava sortant du four, boulettes de riz enveloppées de feuilles de vigne, râpes de maïs bouilli, barils d'olives noires, caques de caviar, pilaws de poulet, crêpes au miel, sirops, sorbets, glaces, café, tout ce qui se mange, tout ce qui se boit en Orient, apparut sur les tables des devantures, pendant que de petites lampes, accrochées à une spirale de cuivre, montaient et descendaient sous le coup de pouce des cawadjis, qui les mettaient en branle.

4.

Puis, la vieille ville et ses quartiers neufs s'illuminèrent comme par magie. Les mosquées, Sainte-Sophie, la Suleïmanièh, Sultan-Ahmed, tous les édifices religieux ou civils, depuis Seraï-Burnou jusqu'aux collines d'Eyoub, se couronnèrent de feux multicolores. Des versets lumineux, tendus d'un minaret à l'autre, tracèrent les préceptes du Koran sur le fond sombre du ciel. Le Bosphore, sillonné de caïques aux lanternes capricieusement balancées par les lames, scintilla comme si, en vérité, les étoiles du firmament fussent tombées dans son lit. Les palais, dressés sur ses bords, les villas de la rive d'Asie et de la rive d'Europe, Scutari, l'ancienne Chrysopolis et ses maisons étagées en amphithéâtre, ne présentaient plus que des lignes de feux, doublées par la réverbération des eaux.

Au loin, résonnaient le tambour de basque, la louta ou guitare, le tabourka, le rebel et la flûte, mélangés aux chants des prières psalmodiées à la chute du jour. Et, du haut des minarets, les muezzins, d'une voix qui se prolongeait sur trois notes, jetèrent à la ville en fête le dernier appel de la prière du soir, formée d'un mot turc et de deux mots arabes : « *Allah, hœkk kébir!* » (Dieu, Dieu grand!)

V

OU LE SEIGNEUR KÉRABAN DISCUTE A SA FAÇON
LA MANIÈRE DONT IL ENTEND LES VOYAGES
ET QUITTE CONSTANTINOPLE.

La Turquie d'Europe comprend actuellement
trois divisions principales : la Roumélie (Thrace
et Macédoine), l'Albanie, la Thessalie, plus une province tributaire, la Bulgarie. C'est depuis le traité
de 1878 que le royaume de Roumanie (Moldavie,
Valachie et Dobroutcha), les principautés de Serbie
et de Montenegro, ont été déclarés indépendants,
et que l'Autriche occupe la Bosnie, moins le sand-
jak de Novi-Bazar.

Du moment que le seigneur Kéraban prétendait suivre le périmètre de la mer Noire, son itinéraire allait d'abord se développer sur le littoral
de la Roumélie, de la Bulgarie et de la Roumanie,
pour atteindre la frontière russe.

De là, à travers la Bessarabie, la Chersonèse, la

Tauride ou bien le pays des Tcherkesses, à travers
le Caucase et la Transcaucasie, cet itinéraire con-
tournerait la côte septentrionale et orientale de
l'ancien Pont-Euxin jusqu'à la limite qui sépare
la Russie de l'empire ottoman.

Puis ensuite, par le littoral de l'Anatolie, au
sud de la mer Noire, le plus têtu des Osmanlis re-
joindrait le Bosphore à Scutari, sans avoir rien
payé de la taxe nouvelle.

En réalité, c'était un parcours de six cent cinquante agatchs turcs, qui valent environ deux
mille huit cents kilomètres, ou, — pour compter
par lieue ottomane, c'est-à-dire la distance qu'un
cheval de charge fait en une heure au pas ordinaire, — c'était un parcours de sept cents lieues
de vingt-cinq au degré. Or, du 17 août au 30 septembre, il y a quarante-cinq jours. Donc, c'était
quinze lieues à faire par vingt-quatre heures, si
l'on voulait être de retour le 30 septembre, date
extrême à laquelle avait été fixé le mariage d'A-
masia ; sinon elle ne serait plus dans les conditions
déterminées pour toucher les cent mille livres de
sa tante. En somme, quoi qu'il arrivât, son invité
et lui ne s'asseoiraient pas à la table de la villa, où
le dîner les attendait, avant quarante-cinq jours.

Cependant, à employer des moyens de transport rapides, tels que les offrent divers tronçons de railways, il eût été facile de gagner du temps et d'abréger la longueur de ce voyage. Ainsi, en partant de Constantinople, un chemin de fer conduit à Andrinople et, par embranchement, à Ianboli. Plus au nord, le railway de Varna à Roustchouk se raccorde aux railways de la Roumanie, et ceux-ci, en prolongeant l'itinéraire à travers la Russie méridionale, par Iassi, Kisscheneff Kharkow, Taganrog, Nachintschewan, viennent buter contre la chaîne du Caucase. Enfin un tronçon de Tiflis à Poti se dessine jusqu'au littoral de la mer Noire, presque à la frontière turco-russe. Ensuite, il est vrai, à travers la Turquie d'Asie, il ne se trouve plus aucune voie ferrée avant Brousse; mais là, encore, un dernier tronçon vient aboutir à Scutari.

Or, de faire entendre raison là-dessus au seigneur Kéraban, il n'y fallait aucunement compter. S'introduire dans un wagon de chemin de fer, sacrifier ainsi aux progrès de l'industrie moderne, lui un Vieux Turc, qui, depuis quarante ans, résistait de tout son pouvoir à cet envahissement des inventions européennes? Jamais! Il eût fait le voyage à pied plutôt que de céder sur ce point.

Aussi, le soir même, lorsque Van Mitten et lui furent arrivés au comptoir de Galata, y eut-il à ce propos un commencement de discussion.

Aux premiers mots que le Hollandais dit des railways ottomans et russes, le seigneur Kéraban répondit d'abord par un haussement d'épaules, puis par un refus catégorique.

« Cependant!... reprit Van Mitten, qui crut devoir insister pour la forme, mais sans espoir de convaincre son hôte.

— Quand j'ai dit non, c'est non! répliqua le seigneur Kéraban. Vous m'appartenez, d'ailleurs, vous êtes mon invité, je me charge de vous, et vous n'avez qu'à vous laisser faire !

— Soit, reprit Van Mitten. Cependant, à défaut de railways, peut-être y aurait-il un moyen très simple de nous rendre à Scutari sans franchir le Bosphore, mais aussi sans faire le tour de la mer Noire?

— Et lequel? demanda Kéraban, en fronçant le sourcil. Si ce moyen est bon, je l'adopte; s'il est mauvais, je le repousse.

— Il est excellent, répondit Van Mitten.

— Parlez vite! Nous avons à faire nos préparatifs de départ! Il n'y a pas une heure à perdre !

— Voici, ami Kéraban : Gagnons un des ports les plus rapprochés de Constantinople sur la mer Noire, frétons un bateau à vapeur...

— Un bateau à vapeur! s'écria le seigneur Kéraban, que ce mot « vapeur » avait le don de mettre hors de lui.

— Non... un bateau... un simple bateau à voile, s'empressa d'ajouter Van Mitten, un chébec, une tartane, une caravelle, et faisons route pour un des ports de l'Anatolie, Kirpih, par exemple! Une fois sur ce point du littoral, en un jour, nous arriverons tranquillement par terre à Scutari, où nous boirons ironiquement à la santé du Muchir! »

Le seigneur Kéraban avait laissé parler son ami sans l'interrompre. Peut-être celui-ci se figurait-il déjà qu'on allait faire bon accueil à sa proposition, très acceptable d'ailleurs, et qui sauvegardait toutes les questions d'amour-propre.

Mais, à l'énoncé de cette proposition, l'œil du seigneur Kéraban s'anima, ses doigts se replièrent et se déplièrent successivement, et, de ses deux mains tout à l'heure ouvertes, il fit deux poings d'un aspect que Nizib aurait trouvé peu rassurant.

« Ainsi, Van Mitten, dit-il, ce que vous me conseillez, en somme, c'est de m'embarquer sur la mer Noire, pour ne point passer par le Bosphore?

— Ce serait bien joué, à mon avis, répondit Van Mitten.

— Avez-vous entendu parler, quelquefois, reprit Kéraban, d'un certain genre de mal qu'on appelle le mal de mer?

— Sans doute, ami Kéraban.

— Et vous ne l'avez jamais eu sans doute?

— Jamais! D'ailleurs, pour une traversée aussi courte...

— Aussi courte! reprit Kéraban. Vous dites, je crois, une traversée « aussi courte! »

— A peine soixante lieues!

— Mais n'y en eût-il que cinquante, que vingt, que dix, que cinq! s'écria le seigneur Kéraban, que la contradiction commençait, comme toujours, à surexciter, n'y en eût-il que deux, n'y en eût-il qu'une, ce serait encore trop pour moi!

— Veuillez pourtant réfléchir...

— Vous connaissez le Bosphore?

— Oui!

— Il a à peine une demi-lieue de large devant Scutari?...

— En effet.

— Eh bien, Van Mitten, pour peu qu'il fasse une légère brise, j'ai le mal de mer quand je le traverse dans mon caïque!

— Le mal de mer?

— Je l'aurais sur un étang! Je l'aurais sur une baignoire! Osez donc, maintenant, me parler de prendre cette route! Osez me proposer de fréter un chebec, une tartane, une caravelle, ou tout autre machine écœurante de cette espèce! Osez-le! »

Il va sans dire que le digne Hollandais ne l'osa point, et que la question d'une traversée par mer fut abandonnée.

Alors, comment voyagerait-on? Les communications sont assez difficiles, — au moins dans la Turquie proprement dite, — mais elles ne sont point impossibles. Sur les routes ordinaires, on trouve des relais de poste, et rien n'empêche de voyager à cheval, avec ses provisions, son campement, sa cantine, sous la conduite d'un guide, à moins qu'on ne se mette à la suite du tatar, c'est-à-dire du courrier chargé du service postal; mais, comme ce courrier ne doit employer qu'un temps limité pour aller d'un point à un autre, le suivre est très fatigant, pour ne pas dire impraticable, à qui n'a pas l'habitude de ces longues traites.

Il va de soi que le seigneur Kéraban ne comptait point faire de cette façon le tour de la mer Noire. Il irait vite, soit! mais il irait confortablement. Ce ne serait qu'une question d'argent, et cette question n'était pas pour arrêter le riche négociant du faubourg de Galata.

« Eh bien, dit Van Mitten, tout résigné, d'ailleurs, puisque nous ne voyagerons ni en chemin de fer, ni en bateau, comment voyagerons-nous, ami Kéraban?

— En chaise de poste.

— Avec vos chevaux?

— Avec des chevaux de relais.

— Si vous en trouvez de disponibles tout le long du parcours!...

— On en trouvera.

— Cela vous coûtera cher!

— Cela me coûtera ce que cela me coûtera! répondit le seigneur Kéraban, qui recommençait à s'animer.

— Et bien, vous n'en serez pas quitte pour mille livres turques[1], et peut-être quinze cents!

— Soit! Des milliers, des millions! s'écria Kéra-

_____

1. La livre turque est une monnaie d'or qui vaut 23 fr. 55, soit environ 100 piastres, dont chacune équivaut à 22 centimes.

ban, oui! des millions, s'il le faut! Avez-vous fini vos objections?

— Oui! répondit le Hollandais.

— Il était temps! »

Ces derniers mots furent dits d'un ton tel que Van Mitten prit le parti de se taire.

Toutefois, il fit observer à son impérieux hôte, qu'un tel voyage nécessiterait des dépenses assez considérables; qu'il attendait de Rotterdam une somme très importante, dont il comptait faire le dépôt à la banque de Constantinople; que, momentanément, il n'avait plus d'argent, et que...

A cela, le seigneur Kéraban lui ferma la bouche, en lui disant que toutes les dépenses de ce voyage le regardaient; que Van Mitten était son invité; que le riche négociant du quartier de Galata n'avait pas l'habitude de faire payer à ses hôtes, et que... etc.

Sur cet *et cætera*, le Hollandais se tut et fit bien.

Si le seigneur Kéraban n'eût pas été possesseur d'une antique voiture de fabrication anglaise, qu'il avait déjà mise à l'épreuve, il aurait été réduit, pour ce long et difficile parcours, à l'araba turque, attelée le plus souvent avec des bœufs. Mais la vieille chaise de poste, avec laquelle il avait fait le voyage de Rotterdam, était toujours là, sous la remise, et dans un parfait état.

Cette chaise était confortablement disposée pour trois voyageurs. En avant, entre les ressorts en cols de cygne, l'avant-train supportait un énorme coffre à provisions et à bagages; derrière la caisse principale était également établi un second coffre, que surmontait un cabriolet, dans lequel deux domestiques pouvaient être fort à l'aise. Cette voiture devant être conduite en poste, il n'y avait point de siège pour un cocher.

Tout cela eût paru quelque peu vieux de forme et aurait prêté à rire, sans doute, aux connaisseurs en l'art de la carrosserie moderne; mais le véhicule était solide; porté par de bons essieux, des roues à larges jantes et à rayons épais, suspendu sur des ressorts d'acier de premier choix, ni trop doux, ni trop durs, il pouvait défier les cahots de routes à peine tracées à travers champs.

Donc, Van Mitten et son ami Kéraban, occupant le fond du confortable coupé, muni de glaces et de mantelets, Bruno et Nizib, juchés dans le cabriolet, devant lequel pouvait se rabattre un châssis vitré, tous quatre dans cet appareil de locomotion, ils auraient pu aller en Chine. Fort heureusement, la mer Noire ne s'étendait pas jusqu'au littoral du Pacifique, sans quoi Van Mitten aurait bien pu faire connaissance avec le Céleste-Empire.

Les préparatifs commencèrent immédiatement. Si le seigneur Kéraban ne pouvait partir le soir même, ainsi qu'il l'avait dit dans la chaleur de la discussion, au moins voulait-il se mettre en route le lendemain matin, dès l'aube naissante.

Or, ce n'était pas trop d'une nuit pour toutes les mesures à prendre, les affaires à régler. Aussi les employés du comptoir furent-ils réquisitionnés, au moment où ils allaient se remettre en quelque cabaret des abstinences de cette longue journée de jeûne. En outre, Nizib était là, très expéditif en ces occasions.

Quant à Bruno, il dut retourner à l'*Hôtel de Pesth*, Grande Rue de Péra, où son maître et lui étaient descendus dans la matinée, afin de faire transporter immédiatement au comptoir tout le bagage de Van Mitten et le sien. L'obéissant Hollandais, que son ami ne perdait pas de vue, n'aurait point osé le quitter un seul instant.

« Ainsi, c'est bien décidé, mon maître? dit Bruno, au moment où il allait quitter le comptoir.

« — Comment pourrait-il en être autrement avec ce diable d'homme! répondit Van Mitten.

— Nous allons faire le tour de la mer Noire?

— A moins que mon ami Kéraban ne change d'avis en route, ce qui n'est guère probable!

— De toutes les têtes de Turc sur lesquelles on tape dans les foires, répondit Bruno, je ne crois pas qu'il puisse jamais s'en trouver une aussi dure que celle-là!

— Ta comparaison, si elle n'est pas respectueuse, est très juste, Bruno, répliqua Van Mitten. Aussi, comme je me briserais le poing sur cette tête, je me dispenserai, à l'avenir, de frapper dessus!

— J'espérais pourtant me reposer à Constantinople, mon maître! reprit Bruno! Les voyages et moi...

— Ce n'est point un voyage, Bruno, répondit Van Mitten, c'est tout simplement un autre chemin que prend mon ami Kéraban pour rentrer dîner chez lui! »

Cette façon d'envisager les choses ne rendit pas le calme à Bruno. Il n'aimait pas les déplacements, et il allait se déplacer pendant des semaines, des mois peut-être, à travers quelques pays variés, ce qui l'intéressait assez peu, mais difficiles et même dangereux, ce dont il se préoccupait davantage. De plus, avec les fatigues inhérentes à ces longs parcours, il arriverait à maigrir et, par conséquent, à perdre de ce poids normal, — cent soixante-sept livres! — auquel il tenait tant.

Et alors son éternel et lamentable refrain de revenir à l'oreille de son maître :

« Il vous arrivera malheur, monsieur, je vous le répète, il vous arrivera malheur!

— Nous le verrons bien, répondit le Hollandais; mais va toujours chercher mes bagages, pendant que j'achèterai un guide pour étudier ces divers pays, et un carnet pour noter mes impressions; puis, tu reviendras ici, Bruno, et tu te reposeras...

— Quand?...

— Quand nous aurons fait le tour de la mer Noire, puisqu'il est dans notre destinée de le faire! »

Sur cette réflexion fataliste, qu'un Musulman n'eût pas désavouée, Bruno, hochant la tête, quitta le comptoir et se rendit à l'hôtel. En vérité, ce voyage ne lui disait rien de bon!

Deux heures après, Bruno revenait avec plusieurs portefaix, munis de leurs crochets sans montants, retenus au dos par de fortes bretelles. C'étaient de ces indigènes, vêtus d'une étoffe feutrée, de bas de laine à côtes, coiffés d'un kalah brodé de soies multicolores, et chaussés de chaussures doubles, en un mot de ces hammals, que Théophile Gautier a si justement appelés « chameaux à deux pieds sans bosses ».

La gibbosité, cependant, ne manquait point à ceux-ci, grâce aux nombreux colis qu'ils portaient sur leur dos. Tout cela fut déposé dans la cour du comptoir, et on commença à charger la chaise de poste, qui avait été tirée de sa remise.

Pendant ce temps, le seigneur Kéraban, en négociant soigneux, mettait ordre à ses affaires. Il visitait l'état de sa caisse, il vérifiait son journal, il donnait ses instructions au chef des employés, il écrivait quelques lettres, et prenait une grosse somme en or, le papier-monnaie, démonétisé en 1862, n'ayant plus cours. Kéraban ayant besoin d'une certaine quantité de monnaie russe pour la partie du parcours qui longeait le littoral de l'empire moscovite, son intention était de changer ses livres ottomans chez son ami, le banquier Sélim, puisque cet itinéraire l'obligeait à passer par Odessa.

Les préparatifs furent rapidement achevés. Des provisions s'entassèrent dans les coffres de la chaise. Quelques armes furent déposées à l'intérieur, — on ne savait pas ce qui pouvait arriver, et il fallait être prêt à tout événement. En outre, le seigneur Kéraban n'eut garde d'oublier deux narghilés, l'un pour Van Mitten, l'autre pour lui, ustensiles indispensables à un Turc, qui est en même temps un négociant en tabacs.

Quant aux chevaux, ils avaient été commandés le soir même et devaient être amenés dès l'aube. De minuit au lever du jour, il restait quelques heures qui furent consacrées d'abord au souper, puis au repos. Le lendemain, lorsque le seigneur Kéraban donna le signal du réveil, tous, sautant hors du lit, endossèrent leurs habits de voyage.

La chaise de poste attelée, chargée, le postillon en selle, n'attendait plus que les voyageurs.

Le seigneur Kéraban renouvela ses dernières instructions aux employés du comptoir. Il n'y avait plus qu'à partir.

Van Mitten, Bruno, Nizib, attendaient silencieusement dans la vaste cour du comptoir.

« Ainsi, c'est bien décidé ! » dit une dernière fois Van Mitten à son ami Kéraban.

Pour toute réponse, celui-ci montra la voiture, dont la portière était ouverte.

5.

Van Mitten s'inclina, gravit le marchepied et s'installa dans le fond du coupé à gauche. Le seigneur Kéraban prit place auprès de lui. Nizib et Bruno grimpèrent dans le cabriolet.

« Ah! ma lettre! » dit Kéraban, au moment où le bruyant équipage allait quitter le comptoir.

Et, baissant la vitre, il tendit à l'un des employés une lettre qu'il lui ordonna de mettre, ce matin même, à la poste.

Cette lettre était adressée au cuisinier de la villa de Scutari et ne contenait que ces mots :

« Dîner remis à mon retour. Modifiez le menu : soupe au lait caillé, épaule de mouton aux épices. Surtout pas trop cuit. »

Puis, la chaise s'ébranla, descendit les rues du faubourg, traversa la Corne-d'Or sur le pont de la Validèh-Sultane, et sortit de la ville par Ieni-Kapoussi, la « porte nouvelle ».

Le seigneur Kéraban est parti! Qu'Allah le protège!

VI

OÙ LES VOYAGEURS COMMENCENT A ÉPROUVER QUELQUES DIFFICULTÉS, PRINCIPALEMENT DANS LE DELTA DU DANUBE.

Au point de vue administratif, la Turquie d'Europe est divisée en vilayets, gouvernements ou départements, administrés par un vali, gouverneur général, sorte de préfet nommé par le Sultan. Les vilayets se subdivisent en sandjaks ou arrondissements, régis par un moustesarif; en kazas ou cantons, administrés par un caïmacan; en nahiës ou communes, avec un moudir ou maire élu. C'est donc, à peu près, le système administratif tel qu'il est institué en France.

En somme, le seigneur Kéraban ne devait avoir que peu ou point de rapport avec les autorités des vilayets de la Roumélie, que traverse la route de Constantinople à la frontière. Cette route était celle qui s'écartait moins du littoral de la mer Noire et elle abrégeait le parcours autant que possible.

Il faisait un beau temps de voyage, une température rafraîchie par la brise de mer, qui courait sans obstacles à travers ce pays assez plat. C'étaient des champs de maïs, d'orge et de seigle, et de ces vignobles, qui prospèrent dans les parties méridionales de l'empire ottoman; puis, des forêts de chênes, de sapins, de hêtres, de bouleaux; puis, groupés çà et là, des platanes, des arbres de Judée, des lauriers, des figuiers, des caroubiers, et plus particulièrement, dans les portions voisines de la mer, des grenadiers et des oliviers, identiques à ceux des mêmes latitudes de la basse Europe.

En sortant par la porte d'Iéni, la chaise prit la route de Constantinople à Choumla, d'où se détache un embranchement sur Andrinople par Kirk-Kilissé. Cette route suit latéralement et croise même, en plusieurs points, le railway qui met Andrinople, cette seconde capitale de la Turquie européenne, en communication avec la métropole de l'empire ottoman.

Précisément, au moment où la chaise longeait le chemin de fer, le train vint à passer. Un voyageur mit rapidement la tête à la portière de son wagon, et put apercevoir l'équipage du seigneur Kéraban, rapidement enlevé par son vigoureux attelage.

Ce voyageur n'était autre que le capitaine maltais Yarhud, en route pour Odessa, où, grâce à la rapidité des trains, il allait arriver beaucoup plus tôt que l'oncle du jeune Ahmet.

Van Mitten ne put se retenir de montrer à son ami le convoi filant à toute vapeur.

Celui-ci, suivant son habitude, haussa les épaules.

« Eh! ami Kéraban, on arrive vite! dit Van Mitten.

— Quand on arrive! » répondit le seigneur Kéraban.

Pendant cette première journée de voyage, il faut dire que pas une heure ne fut perdue. L'argent aidant, il n'y eut jamais aucune difficulté aux relais de poste. Les chevaux ne se firent pas plus prier pour se laisser atteler que les postillons pour véhiculer un seigneur qui payait si généreusement.

On passa par Tchataldjé, par Buyuk-Khan, sur la limite des pentes d'écoulement pour les tributaires de la mer de Marmara, par la vallée de

Tchorlou, par le village de Yéni-Keui, puis par la vallée de Galata, à travers laquelle, si l'on en croit la légende, sont forés des canaux souterrains, qui amenaient autrefois l'eau à la capitale.

Le soir venu, la chaise s'arrêtait une heure seulement à la bourgade de Seraï. Comme les provisions, emportées dans les coffres, étaient destinées plus spécialement aux régions dans lesquelles il serait difficile de se procurer les éléments d'un repas, même médiocre, il convenait de les réserver. On dîna donc à Seraï, passablement même, et la route fut reprise.

Peut-être Bruno trouva-t-il un peu dur de passer la nuit dans son cabriolet; mais Nizib regarda cette éventualité comme toute naturelle, et il dormit d'un sommeil contagieux, qui gagna son compagnon.

La nuit s'acheva sans incidents, grâce à un long et sinueux lacet que faisait la route aux approches de Viza, pour éviter les rudes pentes et les terrains marécageux de la vallée. A son grand regret, Van Mitten ne vit donc rien de cette petite ville de sept mille habitants, presque entièrement occupée par une population grecque, et qui est la résidence d'un évêque orthodoxe. Il n'était pas venu pour voir, d'ailleurs, mais bien pour accompagner l'impérieux seigneur Kéraban, lequel se souciait médiocrement de recueillir des impressions de voyage.

Le soir, vers cinq heures, après avoir traversé les villages de Bounar-Hissan, d'Iéna, d'Uskup, les voyageurs contournèrent un petit bois semé de tombes, où reposent les restes des victimes égorgées par une bande de brigands qui jadis opéraient en cet endroit; puis elle atteignit une ville assez importante, de seize mille habitants, Kirk-Kilissé. Son nom « Quarante Églises » est justifié par le grand nombre de ses monuments religieux. C'est, à vrai dire, une sorte de petite vallée, dont les maisons occupent le fond et les flancs, que Van Mitten, suivi du fidèle Bruno, explora en quelques heures.

La chaise fut remisée dans la cour d'un hôtel assez bien tenu, où le seigneur Kéraban et ses compagnons passèrent la nuit, et d'où ils repartirent au point du jour.

Pendant la journée du 19 août, les postillons dépassèrent le village de Karabounar, et arrivèrent le soir très tard au village de Bourgaz, bâti sur le golfe de ce nom. Les voyageurs couchèrent, cette nuit-là, dans un « khani », espèce d'auberge fort rudimentaire, qui certainement ne valait pas leur chaise de poste.

Le lendemain au matin, la route, qui s'écarte du littoral de la mer Noire, les ramena vers Aïdos, et, le soir, à Paravadi, une des stations du petit railway de Choumla à Varna. Ils traversaient alors la province de Bulgarie, à l'extrémité sud de la Dobroutcha, au pied des derniers contreforts de la chaîne des Balkans.

Là, les difficultés furent grandes, pendant ce difficile passage, tantôt au milieu de vallées marécageuses, tantôt à travers des forêts de plantes aquatiques, d'un développement extraordinaire, dans lesquelles la chaise avait bien de la peine à se glisser, troublant dans leurs retraites des milliers de pilets, de bécasses, de bécassines, remisés sur le sol de cette région si accidentée.

On sait que les Balkans forment une chaîne importante. En courant entre la Roumélie et la Bulgarie vers la mer Noire, elle détache de son versant septentrional de nombreux contreforts, dont le mouvement se fait sentir presque jusqu'au Danube.

Le seigneur Kéraban eut là l'occasion de voir sa patience mise à une rude épreuve.

Lorsqu'il fallut franchir l'extrémité de la chaîne, afin de redescendre sur la Dobroutcha, des pentes d'une raideur presque inabordable, des tournants dont le coude brusque ne permettait pas à l'attelage de tirer d'ensemble, des chemins étroits, bordés de précipices, plus faits pour le cheval que pour la voiture, tout cela prit du temps et ne se fit pas sans une grande dépense de mauvaise humeur et de récriminations. Plusieurs fois, on dut dételer, et il fallut caler les roues pour se tirer de quelque passe difficile, — et les caler surtout avec un grand nombre de piastres, qui tombaient dans la poche des postillons, menaçant de revenir sur leurs pas.

Ah! le seigneur Kéraban eut beau jeu pour pester contre le gouvernement actuel, qui entretenait si mal les routes de l'empire, et se souciait si peu d'assurer une bonne viabilité à travers les provinces! Le Divan ne se gênait pas, pourtant, quand il s'agissait d'impôts, de taxes, de vexations de toutes sortes, et le seigneur Kéraban le savait de reste! Dix paras pour traverser le Bosphore! Il en revenait toujours là, comme obsédé par une idée fixe! Dix paras! dix paras!

Van Mitten se gardait bien de répondre quoi que

ce soit à son compagnon de route. L'apparence
d'une contradiction eût amené quelque scène.
Aussi, pour l'apaiser, daubait-il à son tour le gouvernement turc en particulier, et tous les gouvernements en général.

« Mais il n'est pas possible, disait Kéraban,
qu'en Hollande, il y ait de pareils abus!

— Il y en a, au contraire, ami Kéraban, répondait Van Mitten, qui voulait, avant tout, calmer
son compagnon.

— Je vous dis que non! reprenait celui-ci. Je
vous dis qu'il n'y a que Constantinople où de pareilles iniquités soient possibles! Est-ce qu'à Rotterdam on a jamais songé à mettre un impôt sur
les caïques?

— Nous n'avons pas de caïques!

— Peu importe!

— Comment, peu importe?

— Eh! vous en auriez, que jamais votre roi n'eût
osé les taxer! Allez-vous maintenant me soutenir
que le gouvernement de ces nouveaux Turcs n'est
pas le pire gouvernement qu'il y ait au monde?

— Le pire, à coup sûr! » répondait Van Mitten,
pour couper court à une discussion qu'il sentait
poindre.

Et, pour mieux clore ce qui n'était encore qu'une simple conversation, il tira sa longue pipe hollandaise. Cela donna au seigneur Kéraban l'envie de s'étourdir, lui aussi, dans les fumées du narghilé. Le coupé ne tarda donc pas à s'emplir de vapeurs, et il fallut baisser les glaces pour leur donner issue. Mais, dans cet assoupissement narcotique qui finissait par s'emparer de lui, l'entêté voyageur redevenait muet et calme jusqu'au moment où quelque incident le rappelait à la réalité.

Cependant, faute d'un lieu de halte dans ce pays demi sauvage, on passa la nuit du 20 au 21 août en chaise de poste. Ce fut vers le matin seulement que, les dernières ramifications des Balkans dépassées, on se retrouva, au delà de la frontière roumaine, sur les terrains plus carrossables de la Dobroutcha.

Cette région est comme une presqu'île, formée par un large coude du Danube, qui, après s'être élevé au nord vers Galatz, revient à l'est sur la mer Noire, dans laquelle il se jette par plusieurs bouches. Au vrai, cette sorte d'isthme qui rattache cette presqu'île à la péninsule des Balkans, se trouve circonscrite par la portion de la province située entre Tchernavoda et Kustendjé, où court

la ligne d'un petit railway de quinze à seize lieues
au plus, qui part de Tchernavoda. Mais, dans le
sud du railway, la contrée étant sensiblement la
même qu'au nord, au point de vue topographi-
que, on peut dire que les plaines de la Dobroutcha
prennent naissance à la base des derniers chaî-
nons des Balkans.

« Le bon pays », c'est ainsi que les Turcs ap-
pellent cette tranche fertile, dans laquelle la terre
appartient au premier occupant. Elle est, sinon
habitée, parcourue du moins par des Tatars pas-
teurs, et peuplée de Valaques, dans la partie qui
avoisine le fleuve. L'empire ottoman possède là
une immense contrée, dont les vallées creusent à
peine le sol, presque sans relief. Elle présente plutôt une succession de plateaux, qui s'étendent
jusqu'aux forêts semées aux embouchures du
Danube.

Sur ce sol, les routes, sans côtes abruptes ni
pentes brusques, permirent à la chaise de rouler
plus rapidement. Les maîtres de poste n'avaient
plus le droit de maugréer en voyant atteler leurs
chevaux, ou, s'ils le faisaient, c'était pour ne point
en perdre l'habitude.

On alla donc vite et bien. Ce jour, 21 août, à

midi, la chaise relayait à Koslidcha, et, le soir même, à Bazardjik.

Là, le seigneur Kéraban se décida à passer la nuit, pour donner quelque repos à tout son monde, — ce dont Bruno lui sut gré, sans en rien dire, par prudence.

Le lendemain, dès la première aube, la chaise, attelée de chevaux frais, courait dans la direction du lac Karasou, sorte de vaste entonnoir, dont le contenu, alimenté par des sources de fond, se déverse dans le Danube, à l'époque des basses eaux. Vingt-quatre lieues environ étaient enlevées en douze heures, et, vers huit heures du soir, les voyageurs s'arrêtaient devant le railway de Kustendjé à Tchernavoda, en face de la station de Medjidié, une ville toute neuve, qui compte déjà vingt mille âmes et promet de devenir plus importante.

Là, à son grand déplaisir, le seigneur Kéraban ne put immédiatement franchir la voie pour rejoindre le khan, où il devait passer la nuit. La voie était occupée par un train, et il fallut attendre pendant un grand quart d'heure que le passage fût libre.

De là, des plaintes, des récriminations contre ces administrations de chemins de fer, qui se croient tout permis, non seulement d'écraser les voyageurs qui ont la sottise de monter dans leurs véhicules, mais de retarder ceux qui se refusent à y prendre place.

« En tout cas, dit-il à Van Mitten, ce n'est pas à moi qu'il arrivera jamais un accident de chemin de fer !

— On ne sait ! répondit, peut-être imprudemment, le digne Hollandais.

— Je le sais, moi ! » répliqua le seigneur Kéraban d'un ton qui coupa court à toute discussion.

Enfin, le train quitta la station de Medjidié, les barrières s'ouvrirent, la chaise passa, et les voyageurs se reposèrent dans un khan assez confortablement établi en cette ville, dont le nom fut choisi en l'honneur du sultan Abdul-Medjid.

Le lendemain, tous arrivaient, sans encombre, à travers une sorte de plaine déserte, à Babadagh, mais tellement tard, qu'il parut plus convenable de continuer le voyage pendant la nuit. Le soir, vers cinq heures, on s'arrêtait à Toultcha, l'une des plus importantes villes de la Moldavie.

En cette cité de trente à quarante mille âmes, où se confondent Tcherkesses, Nogaïs, Persans, Kurdes, Bulgares, Roumains, Grecs, Arméniens,

Turcs et Juifs, le seigneur Kéraban ne pouvait être embarrassé pour trouver un hôtel à peu près confortable. C'est ce qui fut fait. Van Mitten eut, avec la permission de son compagnon, le temps de visiter Toultcha, dont l'amphithéâtre, très pittoresque, se déploie sur le versant nord d'une petite chaîne, au fond d'un golfe formé par un élargissement du fleuve, presque en face de la double ville d'Ismaïl.

Le lendemain, 24 août, la chaise traversait le Danube, devant Toultcha, et s'aventurait à travers le delta du fleuve, formé par deux grandes branches. La première, celle que suivent les bateaux à vapeur est dite la branche de Toultcha; la seconde, plus au nord, passe à Ismaïl, puis à Kilia, et atteint au-dessous la mer Noire, après s'être ramifiée en cinq chenaux. C'est ce qu'on appelle les bouches du Danube.

Au delà de Kilia et de la frontière, se développe la Bessarabie, qui, pendant une quinzaine de lieues, se jette vers le nord-est, et emprunte un morceau du littoral de la mer Noire.

Il va sans dire que l'origine du nom du Danube, qui a donné lieu à nombre de contestations scientifiques, amena une discussion purement géographique entre le seigneur Kéraban et Van Mitten. Que les Grecs, au temps d'Hésiode, l'aient connu sous le nom d'Ister ou Hister; que le nom de *Danuvius* ait été importé par les armées romaines, et que César, le premier, l'ait fait connaître sous ce nom; que dans la langue des Thraces, il signifie « nuageux »; qu'il vienne du celtique, du sanscrit, du zend ou du grec; que le professeur Bopp ait raison, ou que le professeur Windishmann n'ait pas tort, lorsqu'ils disputent sur cette origine, ce fut le seigneur Kéraban qui, comme toujours, réduisit finalement son adversaire au silence, en faisant venir le mot Danube, du mot zend « asdanu », qui signifie : la rivière rapide.

Mais, si rapide qu'elle soit, son cours ne suffit pas à entraîner la masse de ses eaux, en les contenant dans les divers lits qu'elle s'est creusés, et il faut compter avec les inondations du grand fleuve. Or, par entêtement, le seigneur Kéraban ne compta pas, en dépit des observations qui lui furent faites, et il lança sa chaise à travers le vaste delta.

Il n'était pas seul, dans cette solitude, en ce sens que nombre de canards, d'oies sauvages, d'ibis, de hérons, de cygnes, de pélicans, semblaient lui faire cortège. Mais, il oubliait que, si la nature a fait de ces oiseaux aquatiques des échassiers ou des palmipèdes, c'est qu'il faut des palmes ou des échasses pour fréquenter cette région trop souvent submergée, à l'époque des grandes crues, après la saison pluvieuse.

Or, les chevaux de la chaise étaient insuffisamment conformés, on en conviendra, pour fouler du pied ces terrains détrempés par les dernières inondations. Au delà de cette branche du Danube, qui va se jeter dans la mer Noire à Sulina, ce n'était plus qu'un vaste marécage au travers duquel se dessinait une route à peu près impraticable. Malgré les conseils des postillons, auxquels se joignit Van Mitten, le seigneur Kéraban donna l'ordre de pousser plus avant, et il fallut bien lui obéir. Il arriva donc ceci : c'est que, vers le soir, la chaise fut bien et dûment embourbée, sans qu'il fût possible aux chevaux de la tirer de là.

« Les routes ne sont pas suffisamment entretenues dans cette contrée! crut devoir faire observer Van Mitten.

— Elles sont ce qu'elles sont! répondit Kéraban. Elles sont ce qu'elles peuvent être sous un pareil gouvernement!

6

— Nous ferions peut-être mieux de revenir en arrière et de prendre un autre chemin?

— Nous ferons mieux, au contraire, de continuer à marcher en avant et de ne rien changer à notre itinéraire!

— Mais le moyen?...

— Le moyen, répondit le têtu personnage, consiste à envoyer chercher des chevaux de renfort au village le plus voisin. Que nous couchions dans notre voiture ou dans une auberge, peu importe! »

Il n'y avait rien à répliquer. Le postillon et Nizib furent détachés à la recherche du plus prochain village, qui ne laissait pas d'être assez éloigné. Très probablement, ils ne pourraient être de retour qu'au lever du soleil. Le seigneur Kéraban, Van Mitten et Bruno durent donc se résigner à passer la nuit au milieu de cette vaste steppe, aussi abandonnés qu'ils l'eussent été au plus profond des déserts de l'Australie centrale. Très heureusement, la chaise, enfoncée dans les vases jusqu'au moyeu des roues, ne menaçait pas de s'enliser davantage.

Cependant, la nuit était fort obscure. De gros nuages, très bas, en voie de condensation, chassés par les vents de la mer Noire, couraient à travers l'espace. S'il ne pleuvait pas, une forte humidité montait du sol imprégné d'eau, qui mouillait comme un brouillard polaire. A dix pas, on ne se voyait plus. Les deux lanternes de la voiture projetaient seules une lueur douteuse sous l'épaisse buée évaporée du marécage, et peut-être eût-il mieux valu les éteindre.

En effet, cette lueur pouvait attirer quelque importune visite. Mais Van Mitten ayant émis cette observation, son intraitable ami crut devoir la discuter, et de la discussion il résulta qu'il ne fut point donné suite à la proposition de Van Mitten.

Il avait pourtant raison, le sage Hollandais, et avec un peu plus de finesse, il aurait proposé à son compagnon de laisser les lanternes allumées: très vraisemblablement, le seigneur Kéraban les eût fait éteindre.

VII

DANS LEQUEL LES CHEVAUX DE LA CHAISE FONT PAR PEUR CE QU'ILS N'ONT PU FAIRE SOUS LE FOUET DU POSTILLON.

Il était dix heures du soir. Kéraban, Van Mitten et Bruno, après un souper prélevé sur les provisions serrées dans le coffre de la voiture, se promenèrent en fumant, pendant une demi-heure environ, le long d'une étroite sente, dont le sol ne cédait pas sous le pied.

« Et maintenant, dit Van Mitten, je pense, ami Kéraban, que vous ne voyez aucune objection à ce que nous allions dormir jusqu'au moment où arriveront les chevaux de renfort ?

— Je n'en vois aucune, répondit Kéraban, après avoir réfléchi, avant de faire cette réponse un peu extraordinaire de la part d'un homme qui n'était jamais à court d'objections.

— Je veux croire que nous n'avons rien à

craindre? ajouta le Hollandais, au milieu de cette plaine absolument déserte?

— Je veux le croire aussi.

— Aucune attaque n'est à redouter?

— Aucune.

— Si ce n'est, toutefois, l'attaque des moustiques! » répondit Bruno, qui venait de s'appliquer une claque formidable sur le front pour écraser une demi-douzaine de ces importuns diptères.

Et, en effet, des nuées d'insectes très voraces, qu'attirait peut-être la lueur des lanternes, commençaient à tourbillonner effrontément autour de la chaise.

« Hum! fit Van Mitten, il y a ici une fière quantité de ces moustiques, et une moustiquaire n'eût pas été de trop!

— Ce ne sont point des moustiques, répondit le seigneur Kéraban, en se grattant le bas de la nuque, et ce n'est point une moustiquaire qui nous manque!

— Qu'est-ce donc? demanda le Hollandais.

— Une cousinière, répondit Kéraban, car ces prétendus moustiques sont des cousins!

— Du diable si j'en ferais la différence! pensa Van Mitten, qui ne jugea pas à propos d'entamer

une discussion sur cette question purement ento-
mologique.

— Ce qu'il y a de curieux, fit observer Kéraban,
c'est que ce sont uniquement les femelles de ces
insectes qui s'attaquent à l'homme.

— Je les reconnais bien là, ces représentants
du beau sexe! répondit Bruno, en se frottant les
mollets.

— Je crois que nous ferons sagement de rentrer
dans la voiture, dit alors Van Mitten, car nous allons
être dévorés!

— En effet, répondit Kéraban, les contrées que
traverse le bas Danube sont particulièrement infes-
tées par ces cousins, et on ne les combat qu'en
semant son lit pendant la nuit, sa chemise et ses
bas pendant le jour, de poudre de pyrèthre...

— Dont nous sommes absolument et malheureusement dépourvus! ajouta le Hollandais.

— Absolument, répondit Kéraban. Mais qui
pouvait prévoir que nous resterions en détresse
dans les marécages de la Dobroutcha?

— Personne, ami Kéraban.

— J'ai entendu parler, ami Van Mitten, d'une
colonie de Tatars criméens, auxquels le gouvernement turc avait accordé une vaste concession

dans ce delta du fleuve, et que des légions de ces cousins forcèrent à s'expatrier.

— D'après ce que nous voyons, ami Kéraban, l'histoire n'est point invraisemblable!

— Rentrons donc dans la chaise!

— Nous n'avons que trop tardé! » répondit Van Mitten, qui s'agitait au milieu d'un bourdonnement d'ailes, dont les frémissements se chiffrent par millions à la seconde.

Au moment où le seigneur Kéraban et son compagnon allaient remonter dans la voiture, le premier s'arrêta.

« Bien qu'il n'y ait rien à craindre, dit-il, il serait bon que Bruno veillât jusqu'au retour du postillon.

— Il ne s'y refusera pas, répondit Van Mitten.

— Je ne m'y refuserai pas, dit Bruno, parce que mon devoir est de ne pas m'y refuser, mais je vais être dévoré vivant!

— Non! répliqua Kéraban. Je me suis laissé dire que les cousins ne piquaient pas deux fois à la même place, de sorte que Bruno sera bientôt à l'abri de leurs attaques.

— Oui!... lorsque j'aurai été criblé de mille piqûres!

— C'est ainsi que je l'entends, Bruno.

— Mais, au moins, pourrai-je veiller dans le cabriolet ?

— Parfaitement, à la condition de ne point vous y endormir !

— Et comment dormirais-je, au milieu de cet effroyable essaim de moustiques ?

— De cousins, Bruno, répondit Kéraban, de simples cousins !... Ne l'oubliez pas ! »

Sur cette observation, le seigneur Kéraban et Van Mitten remontèrent dans le coupé, laissant à Bruno le soin de veiller à la garde de son maître, ou mieux de ses maîtres. Depuis la rencontre de Kéraban et de Van Mitten, ne pouvait-il se dire qu'il en avait deux ?

Après s'être assuré que les portières de la chaise étaient bien fermées, Bruno visita l'attelage. Les chevaux, épuisés de fatigue, étaient étendus sur le sol, respirant avec bruit, mêlant leur chaude haleine au brouillard de cette plaine marécageuse.

« Le diable ne les tirerait pas de cette ornière ! se dit Bruno. Il faut convenir que le seigneur Kéraban a eu là une fière idée de prendre cette route ! Après tout, cela le regarde ! »

Et Bruno remonta dans le cabriolet, dont il

baissa le châssis vitré, à travers lequel il pouvait voir dans le rayon du faisceau lumineux projeté par les lanternes.

Que pouvait faire de mieux le serviteur de Van Mitten, si ce n'est de rêver, les yeux ouverts, et de combattre le sommeil, en réfléchissant à la série d'aventures, dans lesquelles l'entraînait son maître, à la suite du plus têtu des Osmanlis?

Ainsi, lui, un enfant de l'ancienne Batavie, un traîneur du pavé de Rotterdam, un habitué des quais de la Meuse, un pêcheur à la ligne émérite, un musard des canaux qui sillonnent sa ville-natale, il avait été transporté à l'autre extrémité de l'Europe! De la Hollande à l'empire ottoman, il avait fait cette gigantesque enjambée! Et à peine débarqué à Constantinople, la fatalité venait de le jeter à travers les steppes du bas Danube! Et il se voyait là, juché dans le cabriolet d'une chaise de poste, au milieu des marais de la Do-broutcha, perdu dans une nuit profonde, et plus enraciné à ce sol que la tour gothique de Zuidekerk! Et tout cela, parce qu'il était tenu d'obéir à son maître, lequel, sans y être forcé, n'en obéissait pas moins au seigneur Kéraban.

« Oh! bizarrerie des complications humaines!

se répétait Bruno. Me voilà en train de faire le tour de la mer Noire, si nous le faisons jamais, et cela pour épargner dix paras que j'eusse volontiers payés de ma poche, si j'avais été assez avisé pour le faire en cachette du moins endurant des Turcs! Ah! le têtu! le têtu! Je suis sûr que, depuis le départ, j'ai déjà maigri de deux livres!... En quatre jours!... Que sera-ce donc dans quatre semaines! — Bon! encore ces maudits insectes! »

Et, si hermétiquement que Bruno eût fermé le châssis du cabriolet, quelques douzaines de cousins avaient pu y pénétrer et s'acharnaient contre le pauvre homme. Aussi, que de tapes, que de grattements, et comme il s'en donnait de les traiter de moustiques, alors que le seigneur Kéraban né pouvait l'entendre!

Une heure se passa ainsi, puis une autre heure encore. Peut-être, sans l'agaçante attaque de ces insectes, Bruno, succombant à la fatigue, se serait-il enfin laissé aller au sommeil? Mais dormir dans ces conditions eût été impossible.

Il devait être un peu plus de minuit, lorsque Bruno eut une idée. Elle eût même dû lui venir plus tôt, à lui, un de ces Hollandais pur sang, qui, en venant au monde, cherchent plutôt le tuyau d'une pipe que le sein de leur nourrice. Ce fut de se mettre à fumer, de combattre l'envahissement des cousins à coups de bouffées de tabac. Comment n'y avait-il pas déjà songé? S'ils résistaient à l'atmosphère nicotique qu'il allait emprisonner dans son cabriolet, c'est que ces insectes ont la vie dure au milieu des marécages du bas Danube!

Bruno tira donc de sa poche sa pipe de porcelaine à fleurs émaillées, — une sœur de celle qui lui avait été si impudemment volée à Constantinople. Il la bourra comme il eût fait d'une arme à feu qu'il comptait décharger sur les troupes ennemies; puis, il battit le briquet, alluma le fourneau, aspira à pleins poumons la fumée d'un excellent tabac de Hollande, et la rejeta en énormes volutes.

L'essaim bourdonna tout d'abord en redoublant ses assourdissants coups d'ailes, et se dispersa peu à peu dans les angles les plus obscurs du cabriolet.

Bruno ne put que se féliciter de sa manœuvre. La batterie qu'il venait de démasquer faisait merveille, les assaillants se repliaient en désordre; mais, comme il ne cherchait pas à faire de prisonniers, — bien au contraire, — il ouvrit rapidement le châssis, afin de donner une issue aux insectes du dedans, sachant bien que ses bordées de fumée interdiraient tout accès aux insectes du dehors.

Ainsi fut-il fait. Bruno, débarrassé de cette importune légion de diptères, put même se hasarder à regarder à droite et à gauche.

La nuit était toujours aussi noire. Il passait de grands coups de brise, qui ébranlaient parfois la voiture; mais elle adhérait fortement au sol, trop fortement même. Donc, nulle crainte qu'elle fût renversée.

Bruno chercha à voir en avant, vers l'horizon du nord, si quelque lumière ne se montrait pas, qui eût annoncé le retour du postillon et des chevaux de renfort. Obscurité complète, ténèbres d'autant plus profondes, au lointain, que le devant de la chaise de poste se découpait dans le segment lumineux des lanternes. Cependant, en portant ses regards sur les côtés, à une distance de soixante pas environ, Bruno crut apercevoir quelques points brillants, qui se déplaçaient dans l'ombre, rapidement, sans bruit, tantôt au ras du sol, tantôt à deux ou trois pieds au-dessus.

Bruno se demanda tout d'abord si ce n'étaient pas là quelques phosphorescences de feux follets, dont le dégagement se produisait à la surface d'un marais où ne manque pas l'hydrogène sulfuré.

Mais si, en sa qualité d'être raisonnant, sa raison risquait de l'induire en erreur, il ne pouvait en être ainsi des chevaux de la chaise, que leur instinct n'eût pas trompés sur la cause de ce phénomène. En effet, ils commencèrent à donner quelques signes d'agitation, les naseaux éventés, renâclant d'une façon insolite.

« Eh! qu'est-ce cela? se dit Bruno. Quelque nouvelle complication, sans doute! Seraient-ce des loups? »

Que ce fût là une bande de loups, attirée par l'odeur de l'attelage, à cela rien d'impossible. Ces animaux, toujours affamés, sont nombreux dans le delta du Danube.

« Diable! murmura Bruno, voilà qui serait encore plus malfaisant que les moustiques ou les cousins de notre entêté! La fumée de tabac n'y ferait rien, cette fois! »

Cependant, les chevaux ressentaient une vive inquiétude, à laquelle on ne pouvait se méprendre. Ils essayaient de ruer dans la boue épaisse, ils se cabraient, ils donnaient de violentes secousses à la voiture. Les points lumineux semblaient s'être rapprochés. Une sorte de grognement sourd se mêlait aux sifflements de la brise.

« Je pense, se dit Bruno, qu'il est opportun de prévenir le seigneur Kéraban et mon maître! »

Cela était urgent, en effet. Bruno se laissa donc lentement glisser sur le sol; il abaissa le marche-pied de la chaise, ouvrit la portière, puis la referma, après s'être introduit dans le coupé, où les deux amis dormaient tranquillement l'un près de l'autre.

« Mon maître?... dit Bruno à voix basse, en appuyant sa main sur l'épaule de Van Mitten.

— Au diable l'importun qui me réveille! murmura le Hollandais en se frottant les yeux.

— Il ne s'agit pas d'envoyer les gens au diable, surtout quand le diable est peut-être là! répondit Bruno.

— Mais qui donc me parle?...

— Moi, votre serviteur.

— Ah! Bruno!... c'est toi?... Après tout, tu as bien fait de me réveiller! Je rêvais que madame Van Mitten...

— Vous cherchait querelle!... répondit Bruno. Il est bien question de cela maintenant!

— Qu'y a-t-il donc?

« — Voudriez-vous, s'il vous plaît, réveiller le seigneur Kéraban?

— Que je réveille?...

— Oui! Il n'est que temps! »

Sans en demander davantage, le Hollandais, dormant encore à moitié, secoua son compagnon.

Rien de tel qu'un sommeil de Turc, quand ce Turc a un bon estomac et une conscience nette. C'était le cas du compagnon de Van Mitten. Il fallut s'y prendre à plusieurs reprises.

Le seigneur Kéraban, sans relever ses paupières, grommelait et grognait, en homme qui n'est pas d'humeur à se rendre. Pour peu qu'il fût aussi têtu dans l'état de sommeil que dans l'état de veille, bien certainement il faudrait le laisser dormir.

Cependant, les insistances de Van Mitten et de Bruno furent telles que le seigneur Kéraban se réveilla, détira ses bras, ouvrit les yeux, et d'une voix encore brouillée d'assoupissement :

« Hum! fit-il, les chevaux de renfort sont donc arrivés avec le postillon et Nizib?

— Pas encore, répondit Van Mitten.

— Alors pourquoi me réveiller?

— Parce que, si les chevaux ne sont pas arrivés, répondit Bruno, d'autres animaux très suspects sont là, qui entourent la voiture et se préparent à l'attaquer !

— Quels sont ces animaux ?

— Voyez ! »

La vitre de la portière fut abaissée, et Kéraban se pencha au dehors.

« Allah nous protège! s'écria-t-il. Voilà toute une bande de sangliers sauvages ! »

Il n'y avait pas à s'y tromper. C'étaient bien des sangliers. Ces animaux sont très nombreux dans toute la contrée qui confine à l'estuaire danubien ; leur attaque est fort à redouter, et ils peuvent être rangés dans la catégorie des bêtes féroces.

« Et qu'allons-nous faire? demanda le Hollandais.

— Rester tranquilles, s'ils n'attaquent pas, répondit Kéraban. Nous défendre, s'ils attaquent !

— Pourquoi ces sangliers nous attaqueraient-ils ? reprit Van Mitten. Ils ne sont point carnassiers, que je sache !

— Soit, répondit Kéraban, mais si nous ne courons pas la chance d'être dévorés, nous courons la chance d'être éventrés !

— Cela se vaut, fit tranquillement observer Bruno.

« — Aussi, tenons-nous prêts à tout événement! »

Cela dit, le seigneur Kéraban fit mettre les armes en état. Van Mitten et Bruno avaient chacun un revolver à six coups et un certain nombre de cartouches. Lui, Vieux Turc, ennemi déclaré de toute invention moderne, ne possédait que deux pistolets de fabrication ottomane, au canon damasquiné, à la crosse incrustée d'écaille et de pierres précieuses, mais plus faits pour orner la ceinture d'un agha que pour détonner dans une attaque sérieuse. Van Mitten, Kéraban et Bruno devaient donc se contenter de ces seules armes, et ne les employer qu'à coup sûr.

Cependant, les sangliers, au nombre d'une vingtaine, s'étaient rapprochés peu à peu et entouraient la voiture. A la lueur des lanternes, qui les avait sans doute attirés, on pouvait les voir se démener violemment et fouiller le sol à coups de défenses. C'étaient d'énormes suiliens, de la taille d'un âne, d'une force prodigieuse, capables de découdre chacun toute une meute. La situation des voyageurs, emprisonnés dans leur coupé, ne laissait donc pas d'être très inquiétante, s'ils venaient à être assaillis de part et d'autre, avant le lever du jour.

Les chevaux de l'attelage le sentaient bien. Au milieu des grognements de la bande, ils s'ébrouaient, ils se jetaient de côté, à faire craindre qu'ils ne rompissent ou leurs traits ou les brancards de la chaise.

Soudain, plusieurs détonations éclatèrent. Van Mitten et Bruno venaient de décharger chacun deux coups de leur revolver sur ceux des sangliers qui se lançaient à l'assaut. Ces animaux, plus ou moins blessés, firent entendre des rugissements de rage, en se roulant sur le sol. Mais les autres, rendus furieux, se précipitèrent sur la voiture et l'attaquèrent à coups de défenses. Les panneaux furent percés en maints endroits, et il devint évident qu'avant peu ils seraient défoncés.

« Diable! diable! murmurait Bruno.

— Feu! feu! » répétait le seigneur Kéraban, en déchargeant ses pistolets, qui rataient généralement une fois sur quatre, — bien qu'il n'en voulût pas convenir.

Les revolvers de Bruno et de Van Mitten blessèrent encore un certain nombre de ces terribles assaillants, dont quelques-uns foncèrent directement sur l'attelage.

De là, épouvante bien naturelle des chevaux que

menaçaient les défenses des sangliers, et qui ne pouvaient répondre qu'à coups de pied, sans avoir la liberté de leurs mouvements. S'ils eussent été libres, ils se seraient jetés à travers la campagne, et ce n'aurait plus été qu'une question de vitesse entre eux et la bande sauvage. Ils essayèrent donc, par d'effroyables efforts, de rompre leurs traits, afin de s'échapper. Mais les traits, faits d'une corde à torons serrés, résistèrent. Il fallait donc ou que l'avant-train de la chaise se rompît brusquement, ou que la chaise s'arrachât du sol sous ces terribles coups de collier.

Le seigneur Kéraban, Van Mitten et Bruno le comprirent bien. Ce qui leur paraissait le plus à craindre, c'était que leur voiture ne vînt à chavirer. Les sangliers, que les coups de feu n'auraient plus tenus en respect, se seraient jetés dessus, et ç'en eût été fait de ceux qu'elle renfermait. Mais que faire pour conjurer une pareille éventualité? N'étaient-ils pas à la merci de cette troupe furieuse? Leur sang-froid ne les abandonna pas, pourtant, et ils n'épargnèrent point les coups de revolver.

Tout à coup, une secousse plus violente ébranla la chaise, comme si l'avant-train s'en fût détaché.

« Eh! tant mieux! s'écria Kéraban. Que nos chevaux s'emportent à travers la steppe! Les sangliers se mettront à leur poursuite, et ils nous laisseront en repos! »

Mais l'avant-train tenait bon et résistait avec une solidité qui faisait honneur à cet antique produit de la carrosserie anglaise. Donc, il ne céda pas. Ce fut la chaise qui céda. Les secousses devinrent telles, qu'elle fut arrachée aux profondes ornières où elle plongeait jusqu'aux essieux. Un dernier coup de collier de l'attelage, fou de terreur, l'enleva sur un sol plus ferme, et la voilà roulant au galop de ses chevaux emportés, que rien ne guidait au milieu de cette nuit profonde.

Cependant, les sangliers n'avaient point abandonné la partie. Ils couraient sur les côtés, s'attaquant, les uns aux chevaux, les autres à la voiture, qui ne parvenait pas à les distancer.

Le seigneur Kéraban, Van Mitten et Bruno s'étaient rejetés dans le fond du coupé.

« Ou nous verserons... dit Van Mitten.

— Ou nous ne verserons pas, répondit Kéraban.

— Il faudrait tâcher de ressaisir les guides! » fit judicieusement observer Bruno.

Et, baissant les vitres de devant, il chercha avec

la main si les guides étaient à sa portée; mais les chevaux, en se débattant, les avaient rompues, sans doute, et il fallait maintenant s'abandonner au hasard de cette course folle à travers une contrée marécageuse. Pour arrêter l'attelage, il n'y aurait eu qu'un moyen : arrêter, en même temps, la bande enragée qui le poursuivait. Or, les armes à feu, dont les coups se perdaient sur cette masse en mouvement, n'y auraient pu suffire.

Les voyageurs, projetés les uns sur les autres, ou lancés d'un coin à l'autre du coupé à chaque cahot de la route, — celui-ci résigné à son sort comme tout bon musulman, ceux-là, flegmatiques comme des Hollandais, — n'échangèrent plus une parole.

Une grande heure s'écoula ainsi. La chaise roulait toujours. Les sangliers ne l'abandonnaient pas.

« Ami Van Mitten, dit enfin Kéraban, je me suis laissé raconter qu'en pareille occurrence, un voyageur, poursuivi par une bande de loups à travers les steppes de la Russie, avait été sauvé, grâce au sublime dévouement de son domestique.

— Et comment? demanda Van Mitten.

— Oh! rien de plus simple, reprit Kéraban. Le domestique embrassa son maître, recommanda son âme à Dieu, se jeta hors de la voiture et, pendant que les loups s'arrêtaient à le dévorer, son maître parvint à les distancer et il fut sauvé.

— Il est bien regrettable que Nizib ne soit pas là ! » répondit tranquillement Bruno.

Puis, sur cette réflexion, tous trois retombèrent dans le plus profond silence.

Cependant la nuit s'avançait. L'attelage ne perdait rien de son effrayante vitesse, et les sangliers ne gagnaient point assez pour pouvoir se jeter sur lui. Si quelque accident ne se produisait point, si une roue brisée, un heurt trop violent, ne faisaient pas verser la chaise, le seigneur Kéraban et Van Mitten gardaient quelque chance d'être sauvés, — même sans un dévouement dont Bruno se sentait incapable.

Il faut dire, en outre, que les chevaux, guidés par leur instinct, s'étaient maintenus sur cette portion de la steppe qu'ils avaient l'habitude de parcourir. C'était en droite ligne, vers le relais de poste qu'ils s'étaient imperturbablement dirigés.

Aussi, lorsque les premières lueurs du jour commencèrent à dessiner la ligne d'horizon dans l'est, ils n'en étaient plus éloignés que de quelques verstes.

La bande de sangliers lutta encore pendant une demi-heure ; puis, peu à peu, elle resta en arrière; mais l'attelage ne ralentit pas sa course un seul instant, et il ne s'arrêta que pour tomber, absolument fourbu, à quelque centaine de pas de la maison de poste.

Le seigneur Kéraban et ses deux compagnons étaient sauvés. Aussi le Dieu des chrétiens ne fut-il pas moins remercié que le Dieu des infidèles, pour la protection dont ils avaient couvert les voyageurs hollandais et turc pendant cette nuit périlleuse.

Au moment où la voiture arrivait au relais, Nizib et le postillon, qui n'avaient pu s'aventurer à travers ces profondes ténèbres, allaient en partir avec les chevaux de renfort. Ceux-ci remplacèrent donc l'attelage que le seigneur Kéraban dut payer un bon prix ; puis, sans se donner même une heure de repos, la chaise, dont les traits et le timon avaient été réparés, reprenait son train habituel et s'élançait sur la route de Kilia.

Cette petite ville, dont les Russes ont détruit les fortifications avant de la rendre à la Roumanie, est aussi un port du Danube, situé sur le bras qui porte son nom.

La chaise l'atteignit, sans nouveaux incidents, dans la soirée du 25 août. Les voyageurs, exténués, descendirent à l'un des principaux hôtels de la ville, et se rattrapèrent, pendant douze heures d'un bon sommeil, des fatigues de la nuit précédente.

Le lendemain, ils repartirent dès l'aube, et ils arrivèrent rapidement à la frontière russe.

Là, il y eut encore quelques difficultés. Les formalités assez vexatoires de la douane moscovite ne laissèrent pas de mettre à une rude épreuve la patience du seigneur Kéraban, qui, grâce à ses relations d'affaires, — par malheur ou par bonheur, comme on voudra, — parlait assez la langue du pays pour se faire comprendre. Un instant, on put croire que son entêtement à contester les agissements des douaniers l'empêcherait de passer la frontière.

Cependant Van Mitten, non sans peine, parvint à le calmer. Kéraban consentit donc à se soumettre aux exigences de la visite, à laisser fouiller ses malles, et il acquitta les droits de douane, non sans avoir à plusieurs reprises émis cette réflexion absolument juste :

« Décidément, les gouvernements sont tous les mêmes et ne valent pas l'écorce d'une pastèque ! »

Enfin la frontière roumaine fut franchie d'un trait, et la chaise se lançait à travers cette portion de la Bessarabie que dessine le littoral de la mer Noire vers le nord-est.

Le seigneur Kéraban et Van Mitten n'étaient plus qu'à une vingtaine de lieues d'Odessa.

VIII

OU LE LECTEUR FERA VOLONTIERS CONNAISSANCE
AVEC LA JEUNE AMASIA ET SON FIANCÉ AHMET.

La jeune Amasia, fille unique du banquier
Sélim, d'origine turque, et sa suivante, Nedjeb, se
promenaient en causant dans la galerie d'une
habitation charmante, dont les jardins s'étendaient
en terrasses jusqu'au bord de la mer Noire.

De la dernière terrasse, dont les marches se
baignaient dans les eaux, calmes ce jour-là, mais
souvent battues par les vents d'est de l'antique
Pont-Euxin, Odessa se montrait, à une demi-lieue
vers le sud, dans toute sa splendeur.

Cette ville, — une oasis au milieu de l'immense
steppe qui l'entoure, — forme un magnifique panorama de palais, d'églises, d'hôtels, de maisons,
bâtis sur la falaise escarpée, dont la base se plonge
à pic dans la mer. De l'habitation du banquier
Sélim, on pouvait même apercevoir la grande place

ornée d'arbres, et l'escalier monumental que domine la statue du duc de Richelieu. Ce grand homme d'État fut le fondateur de cette cité et en resta l'administrateur jusqu'à l'heure où il dut venir travailler à la libération du territoire français, envahi par l'Europe coalisée.

Si le climat de la ville est desséchant, sous l'influence des vents du nord et de l'est, si les riches habitants de cette capitale de la nouvelle Russie sont forcés, pendant la saison brûlante, d'aller chercher la fraîcheur à l'ombrage des khoutors, cela suffit à expliquer pourquoi ces villas se sont multipliées sur le littoral, pour l'agrément de ceux auxquels leurs affaires interdisent quelques mois de villégiature sous le ciel de la Crimée méridionale. Entre ces diverses villas, on pouvait remarquer celle du banquier Sélim, à laquelle son orientation épargnait les inconvénients d'une sécheresse excessive.

Si l'on demande pourquoi ce nom d'Odessa, c'est-à-dire « la ville d'Ulysse » a été donné à une bourgade qui, au temps de Potemkin, s'appelait encore Hadji-Bey, comme sa forteresse, c'est que les colons, attirés par les privilèges octroyés à la nouvelle cité, demandèrent un nom à l'impératrice Catherine II. L'impératrice consulta l'Académie de Saint-Pétersbourg ; les académiciens fouillèrent l'histoire de la guerre de Troie ; ces fouilles mirent à nu l'existence plus ou moins problématique d'une ville d'Odyssos, qui aurait jadis existé sur cette partie du littoral : d'où ce nom d'Odessa, apparaissant dans le second tiers du dix-huitième siècle.

Odessa était une ville commerçante, elle l'est restée, on peut croire qu'elle le sera toujours. Ses cent cinquante mille habitants se composent non seulement de Russes, mais de Turcs, de Grecs, d'Arméniens, — enfin une agglomération cosmopolite de gens qui ont le goût des affaires. Or, si le commerce, et principalement le commerce d'exportation, ne se fait pas sans commerçants, il ne se fait pas sans banquiers non plus. De là, la création de maisons de banque, dès l'origine de la ville nouvelle, et, parmi elles, modeste à ses débuts, maintenant classée à un rang estimable sur la place, celle du banquier Sélim.

On le connaîtra suffisamment, lorsqu'il aura été dit que Sélim appartenait à la catégorie, plus nombreuse qu'on ne croit, des Turcs monogames ; qu'il était veuf de la seule femme qu'il eût eue ; qu'il

avait pour fille unique Amasia, la fiancée du jeune
Ahmet, neveu du seigneur Kéraban ; enfin qu'il était
le correspondant et l'ami du plus entêté Osmanli
dont la tête se soit jamais cachée sous les plis du
turban traditionnel.

Le mariage d'Ahmet et d'Amasia, on le sait,
allait être célébré à Odessa. La fille du banquier
Sélim n'était point destinée à devenir la première
femme d'un harem, partageant avec de plus ou
moins nombreuses rivales le gynécée d'un Turc
égoïste et capricieux. Non ! Elle devait, seule avec
Ahmet, revenir à Constantinople, dans la maison
de son oncle Kéraban. Seule et sans partage, elle
était destinée à vivre près de ce mari qu'elle aimait,
qui l'aimait depuis son enfance. Dût cet avenir pa-
raître singulier pour une jeune femme turque dans
le pays de Mahomet, il en serait ainsi, cependant'
et Ahmet n'était point homme à faire exception aux
usages de sa famille.

On sait, en outre, qu'une tante d'Amasia, une
sœur de son père, lui avait légué en mourant
l'énorme somme de cent mille livres turques, à la
condition qu'elle fût mariée avant seize ans révolus,
— un caprice de vieille fille qui n'ayant jamais pu
trouver un mari, s'était dit que sa nièce n'en trou-

verait jamais assez tôt, — et l'on sait aussi que ce
délai expirait dans six semaines. Faute de quoi
l'héritage, qui constituait la plus grande partie de
la fortune de la jeune fille, s'en irait à des collaté-
raux.

Au reste, Amasia eût été charmante, même pour
les yeux d'un Européen. Si soniachmak ou voile
de mousseline blanche, si la coiffure en étoffe tissée
d'or qui lui couvrait la tête, si le triple rang de
sequins de son front se fussent dérangés, on aurait vu flotter les tortils d'une magnifique chevelure noire. Amasia n'empruntait point aux modes
de son pays de quoi rehausser sa beauté. Ni la
hanum ne dessinait ses sourcils, ni le khol ne
teignait ses cils, ni le henné n'estompait ses paupières. Pas de blanc de bismuth ni de carmin
pour peindre son visage. Pas de kermès liquide
pour rougir ses lèvres. Une femme d'Occident,
arrangée à la déplorable mode du jour, eût été plus
peinte qu'elle. Mais son élégance naturelle, la flexi-
bilité de sa taille, la grâce de sa démarche, se de-
vinaient sous le féredjé, large manteau en cachemire, qui la drapait du cou jusqu'aux pieds comme
une dalmatique.

Ce jour-là, dans la galerie ouverte sur les jardins de l'habitation, Amasia portait une longue chemise de soie de Brousse, que recouvrait l'ample chalwar, se rattachant à une petite veste brodée, et une entari à longue traîne de soie, tailladée aux manches et garnie d'une passementerie d'oya, sorte de dentelle exclusivement fabriquée en Turquie. Une ceinture en cachemire lui retenait les pointes de la traîne, de manière à faciliter sa marche. Des boucles d'oreille et une bague étaient ses seuls bijoux. D'élégants padjoubs de velours cachaient le bas de sa jambe, et ses petits pieds disparaissaient dans une chaussure soutachée d'or.

Sa suivante Nedjeb, jeune fille vive, enjouée, sa dévouée compagne, — on pourrait dire presque son amie, — était alors près d'elle, allant, venant, causant, riant, égayant cet intérieur par sa belle humeur franche et communicative.

Nedjeb, d'origine zingare, n'était point une esclave. Si l'on voit encore des Éthiopiens ou des noirs du Soudan mis en vente sur quelques marchés de l'empire, l'esclavage n'en est pas moins aboli, en principe. Bien que le nombre des domestiques soit considérable pour les besoins des grandes familles turques, — nombre qui, à Constantinople, comprend le tiers de la population musulmane, — ces domestiques ne sont point réduits à l'état de servitude, et il faut dire que, limités chacun dans sa spécialité, ils n'ont pas grand'chose à faire.

C'était un peu sur ce pied qu'était montée la maison du banquier Sélim; mais Nedjeb, uniquement attachée au service d'Amasia, après avoir été recueillie tout enfant dans cette maison, occupait une situation spéciale, qui ne la soumettait à aucun des services de la domesticité.

Amasia, à demi étendue sur un divan recouvert d'une riche étoffe persane, laissait son regard parcourir la baie du côté d'Odessa.

« Chère maîtresse, dit Nedjeb, en venant s'asseoir sur un coussin aux pieds de la jeune fille, le seigneur Ahmet n'est pas encore ici? Que fait donc le seigneur Ahmet?

— Il est allé à la ville, répondit Amasia, et peut-être nous rapportera-t-il une lettre de son oncle Kéraban?

— Une lettre! une lettre! s'écria la jeune suivante. Ce n'est pas une lettre qu'il nous faut, c'est l'oncle lui-même, et, en vérité, l'oncle se fait bien attendre!

— Un peu de patience, Nedjeb!

— Vous en parlez à votre aise, ma chère maîtresse! Si vous étiez à ma place, vous ne seriez pas si patiente!

— Folle! répondit Amasia. Ne dirait-on pas qu'il s'agit de ton mariage, non du mien!

— Et croyez-vous donc que ce ne soit pas une chose grave, de passer au service d'une dame, après avoir été au service d'une jeune fille?

— Je ne t'en aimerai pas mieux, Nedjeb!

— Ni moi, ma chère maîtresse! Mais, en vérité, je vous verrai si heureuse, si heureuse, lorsque vous serez la femme du seigneur Ahmet, qu'il rejaillira sur moi un peu de votre bonheur!

— Cher Ahmet! murmura la jeune fille, dont les beaux yeux se voilèrent un instant, pendant qu'elle évoquait le souvenir de son fiancé.

— Allons! vous voilà forcée de fermer les yeux pour le voir, ma bien-aimée maîtresse! s'écria malicieusement Nedjeb, tandis que, s'il était ici, il suffirait de les ouvrir!

— Je te répète, Nedjeb, qu'il est allé prendre connaissance du courrier à la maison de banque, et que, sans doute, il nous rapportera une lettre de son oncle.

— Oui!... une lettre du seigneur Kéraban, où le

seigneur Kéraban répétera, suivant son habitude, que ses affaires le retiennent à Constantinople, qu'il ne peut encore quitter son comptoir, que les tabacs sont en hausse, à moins qu'ils ne soient en baisse qu'il arrivera dans huit jours, sans faute, à moins que ce ne soit dans quinze!... Et cela presse! Nous n'avons plus que six semaines, et il faut que vous soyez mariée, sinon toute votre fortune...

— Ce n'est pas pour ma fortune que je suis aimée d'Ahmet!

— Soit... mais il ne faut pas compromettre par un retard!... Oh! ce seigneur Kéraban... si c'était mon oncle!

— Et que ferais-tu, si c'était ton oncle?

— Je n'en ferais rien, chère maîtresse, puisqu'il paraît qu'on n'en peut rien faire!... Et cependant, s'il était ici, s'il arrivait aujourd'hui même... demain, au plus tard, nous irions faire enregistrer le contrat chez le juge, et, après-demain, une fois la prière dite par l'iman, nous serions mariés, et bien mariés, et les fêtes se prolongeraient pendant quinze jours à la villa, et le seigneur Kéraban repartirait avant la fin, si cela lui faisait plaisir de s'en retourner là-bas! »

Il est certain que les choses pourraient se passer

ainsi, à la condition que l'oncle Kéraban ne tarderait pas davantage à quitter Constantinople. Le
contrat enregistré chez le mollah, qui remplit la
fonction d'officier ministériel, — contrat par lequel,
en principe, le futur s'oblige à donner à sa femme
l'ameublement, l'habillement et la batterie de cui-
sine, — puis, la cérémonie religieuse, toutes ces
formalités, rien n'empêcherait de les accomplir en
aussi peu de temps que le disait Nedjeb. Mais
encore fallait-il que le seigneur Kéraban, dont la
présence était indispensable pour la validation du
mariage, en sa qualité de tuteur du fiancé, pût
prendre sur ses affaires les quelques jours que
réclamait, au nom de sa jolie maîtresse, l'impatiente
Zingare.

En ce moment, la jeune suivante s'écria :

« Ah! voyez!... voyez donc ce petit bâtiment
qui vient de jeter l'ancre au pied des jardins !

— En effet! » répondit Amasia.

Et les deux jeunes filles se dirigèrent vers l'escalier qui descendait à la mer, afin de mieux apercevoir le léger navire, gracieusement mouillé en
cet endroit.

C'était une tartane, dont la voile pendait maintenant sur ses cargues. Une petite brise lui avait

permis de traverser la baie d'Odessa. Sa chaîne la
maintenait à moins d'une encâblure du rivage,
et elle se balançait doucement sur les dernières
lames, qui venaient mourir au pied de l'habitation.
Le pavillon turc, — une étamine rouge avec un
croissant d'argent, — flottait à l'extrémité de son
antenne.

« Peux-tu lire son nom ? demanda Amasia à
Nedjeb.

— Oui, répondit la jeune fille. Voyez ! Elle se
présente par l'arrière. Son nom est *Guïdare*. »

La *Guïdare*, en effet, capitaine Yarhud, venait de
mouiller en cette partie de la baie. Mais il ne semblait pas qu'elle dût y séjourner longtemps, car ses
voiles ne furent point serrées, et un marin aurait
reconnu qu'elle restait en appareillage.

« Vraiment, dit Nedjeb, ce serait délicieux de
se promener sur cette jolie tartane, par une mer
bien bleue, avec un peu de vent, qui la ferait incliner
sous ses grandes ailes blanches ! »

Puis, grâce à la mobilité de son imagination, la
jeune Zingare, apercevant un coffret, déposé sur
une petite table en laque de Chine, près du divan,
alla l'ouvrir et en tira quelques bijoux.

« Et ces belles choses que le seigneur Ahmet a

fait apporter pour vous, s'écria-t-elle. Il me semble que voilà bien une grande heure que nous ne les avons regardées!

— Le penses-tu? murmura Amasia, en prenant un collier et des bracelets, qui scintillèrent sous ses doigts.

— Avec ces bijoux, le seigneur Ahmet espère vous rendre encore plus belle, mais il n'y réussira pas!

— Que dis-tu, Nedjeb? répondit Amasia. Quelle femme ne gagnerait pas à s'orner de ces magnifiques parures? Vois ces diamants de Visapour! Ce sont des joyaux de feu, et ils semblent me regarder comme les beaux yeux de mon fiancé!

— Eh! chère maîtresse, lorsque les vôtres le regardent, ne lui faites-vous pas un cadeau qui vaut le sien?

— Folle! reprit Amasia. Et ce saphir d'Ormuz, et ces perles d'Ophir, et ces turquoises de Macédoine!...

— Turquoise pour turquoise! répondit Nedjeb, avec un joyeux rire, il n'y perd pas, le seigneur Ahmet?

— Heureusement, Nedjeb, il n'est pas là pour t'entendre!

— Bon! s'il était là, chère maîtresse, c'est lui-

8

même qui vous dirait toutes ces vérités, et, de sa bouche, elles auraient un bien autre prix que de la mienne ! »

Puis, prenant une paire de pantoufles, déposées près du coffret, Nedjeb se prit à dire :

« Et ces jolies babouches, toutes pailletées et passementées, avec des houppes de cygne, faites pour deux petits pieds que je connais !... Voyons laissez-moi vous les essayer !

— Essaye-les toi-même, Nedjeb.

— Moi ?

— Ce ne serait pas la première fois que, pour me faire plaisir...

— Sans doute ! sans doute ! répondit Nedjed. Oui ! j'ai déjà essayé vos belles toilettes... et j'allais me montrer sur les terrasses de la villa... et l'on risquait de me prendre pour vous, chère maîtresse ! C'est que j'étais bien belle ainsi !... Mais non ! cela ne doit pas être, et aujourd'hui moins que jamais.

— Voyons, essayez ces jolies pantoufles !

— Tu le veux ? »

Et Amasia se prêta complaisamment au caprice de Nedjeb, qui la chaussa de pantoufles dignes d'être mises en évidence derrière quelque vitrine de bibelots précieux.

« Ah! comment ose-t-on marcher avec cela!
s'écria la jeune Zingare. Et qui va être jalouse,
maintenant? Votre tête, chère maîtresse, jalouse
de vos petits pieds!

— Tu me fais rire, Nedjeb, répondit Amasia, et
pourtant...

— Et ces bras, ces jolis bras, que vous laissez
tout nus! Que vous ont-il donc fait? Le seigneur
Ahmet ne les a pas oubliés, lui! Je vois là des bracelets 'qui leur iront à merveille! Pauvres petits
bras, comme on vous traite!... Heureusement, je
suis là! »

Et tout en riant, Nedjeb passait aux poignets
de la jeune fille deux magnifiques bracelets, plus
resplendissants sur cette peau blanche et chaude
que sur le velours de leur écrin.

Amasia se laissait faire. Tous ces bijoux lui parlaient d'Ahmet, et, à travers l'incessant babil de
Nedjeb, ses yeux, allant de l'un à l'autre, lui répondaient en silence.

« Chère Amasia! »

La jeune fille, à cette voix, se leva précipitamment.

Un jeune homme, dont les vingt-deux ans allaient
bien aux seize ans de sa fiancée, était près

d'elle. Taille au-dessus de la moyenne, tournure élégante, à la fois fière et gracieuse, yeux noirs d'une grande douceur, que la passion pouvait emplir d'éclairs, chevelure brune, dont les boucles tremblaient sous le puckul de soie, qui pendait à son fez, fines moustaches tracées à la mode albanaise, dents blanches, — enfin un air très aristocratique, si cette épithète pouvait avoir cours dans un pays où, le nom n'étant pas transmissible, il n'existe aucune aristocratie héréditaire.

Ahmet était consciencieusement vêtu à la turque, et pouvait-il en être autrement du neveu d'un oncle qui se serait cru déshonoré en s'européanisant comme un simple fonctionnaire? Sa veste brodée d'or, son chalwar d'une coupe irréprochable, que ne surchargeait aucune passementerie de mauvais goût, sa ceinture qui l'enroulait d'un pli gracieux, son fez entouré d'un saryk en coton de Brousse, ses bottes de maroquin, lui faisaient un costume tout à son avantage.

Ahmet s'était avancé près de la jeune fille, il lui avait pris les mains, il l'avait doucement obligée à se rasseoir, tandis que Nedjeb s'écriait :

« Eh bien, seigneur Ahmet, avons-nous ce matin une lettre de Constantinople?

— Non, répondit Ahmet, pas même une lettre d'affaires de mon oncle Kéraban !

— Oh! le vilain homme! s'écria la jeune Zingare.

— Je trouve même assez inexplicable, reprit Ahmet, que le courrier n'ait apporté aucune correspondance de son comptoir. C'est le jour où, d'habitude, sans y manquer jamais, il règle ses opérations avec son banquier d'Odessa, et votre père n'a point reçu de lettre à ce sujet !

— En effet, mon cher Ahmet, de la part d'un négociant aussi régulier dans ses affaires que votre oncle Kéraban, cela a lieu d'étonner! Peut-être une dépêche ?...

— Lui? envoyer une dépêche? Mais, chère Amasia, vous savez bien qu'il ne correspond pas plus par le télégraphe qu'il ne voyage par le chemin de fer! Utiliser ces inventions modernes, même pour ses relations commerciales! Il aimerait mieux, je crois, recevoir une mauvaise nouvelle par lettre, qu'une bonne par dépêche! Ah! l'oncle Kéraban!...

— Vous lui aviez écrit pourtant, cher Ahmet? demanda la jeune fille, dont les regards se levèrent doucement sur son fiancé.

— Je lui ai écrit dix fois pour presser son arrivée

8.

à Odessa, pour le prier de fixer à une date plus
rapprochée la célébration de notre mariage! Je
lui ai répété qu'il était un oncle barbare...

— Bien! s'écria Nedjeb.

— Un oncle sans cœur, tout en étant le meilleur des hommes!...

— Oh! fit Nedjeb, en secouant la tête.

— Un oncle sans entrailles, tout en étant un
père pour son neveu!... Mais il m'a répondu que,
pourvu qu'il arrivât avant six semaines, on ne
pouvait rien lui demander de plus!

— Il nous faudra donc attendre son bon vouloir
Ahmet!

— Attendre, Amasia, attendre!... répondit
Ahmet! Ce sont autant de jours de bonheur qu'il
nous vole!

— Et on arrête des voleurs, oui! des voleurs,
qui n'ont jamais fait pis! s'écria Nedjeb, en frappant du pied.

— Que voulez-vous? reprit Ahmet. J'essayerai
encore d'attendrir mon oncle Kéraban. Si demain il
n'a pas répondu à ma lettre, je pars pour Constantinople, et...

— Non, cher Ahmet, répondit Amasia, qui
saisit la main du jeune homme, comme si elle

eût voulu le retenir. Je souffrirais plus de votre
absence que je ne me réjouirais de quelques jours
gagnés pour notre mariage! Non! restez! Qui sait
si quelque circonstance ne changera pas les idées
de votre oncle?

— Changer les idées de l'oncle Kéraban! répondit Ahmet. Autant vaudrait essayer de changer le
cours des astres, faire lever la lune à la place du
soleil, modifier les lois du ciel!

— Ah! si j'étais sa nièce! dit Nedjeb.

— Et que ferais-tu, si tu étais sa nièce? demanda
Ahmet.

— Moi!... J'irais si bien le saisir par son cafetan, répondit la jeune Zingare, que...

— Que tu déchirerais son cafetan, Nebjeb, et
rien de plus!

— Eh bien, je le tirerais si vigoureusement par
sa barbe...

— Que sa barbe te resterait dans la main!

— Et pourtant, dit Amasia, le seigneur Kéraban
est le meilleur des hommes!

— Sans doute, sans doute, répondit Ahmet,
mais tellement entêté, que s'il luttait d'entêtement
avec un mulet, ce n'est pas pour le mulet que je
parierais! »

IX

DANS LEQUEL IL S'EN FAUT BIEN PEU QUE LE PLAN DU CAPITAINE YARHUD NE RÉUSSISSE.

En ce moment, un des serviteurs de l'habitation, — celui qui, d'après les usages ottomans, était uniquement destiné à annoncer les visiteurs, — parut à l'une des portes latérales de la galerie.

« Seigneur Ahmet, dit-il en s'adressant au jeune homme, un étranger est là, qui désirerait vous parler.

— Quel est-il ? demanda Ahmet.

— Un capitaine maltais. Il insiste vivement pour que vous vouliez bien le recevoir.

— Soit ! Je vais... répondit Ahmet.

— Mon cher Ahmet, dit Amasia, recevez ici ce capitaine, s'il n'a rien de particulier à vous dire.

— C'est peut-être celui qui commande cette charmante tartane? fit observer Nedjeb, en montrant le petit bâtiment mouillé dans les eaux mêmes de l'habitation.

— Peut-être! répondit Ahmet. Faites entrer. »

Le serviteur se retira, et, un instant après, l'étranger se présentait à la porte de la galerie.

C'était bien le capitaine Yarhud, commandant la tartane *Guïdare*, rapide navire d'une centaine de tonneaux, aussi propre au cabotage de la mer Noire qu'à la navigation des Échelles du Levant.

A son grand déplaisir, Yarhud avait éprouvé quelque retard avant d'avoir pu jeter l'ancre à portée de la villa du banquier Sélim. Sans perdre une heure, après sa conversation avec Scarpante, l'intendant du seigneur Saffar, il s'était transporté de Constantinople à Odessa par les railways de la Bulgarie et de la Roumanie. Yarhud devançait ainsi de plusieurs jours l'arrivée du seigneur Kéraban, qui, dans sa lenteur de Vieux Turc, ne se déplaçait que de quinze à seize lieues par vingt-quatre heures; mais, à Odessa, il trouva le temps si mauvais, qu'il n'osa se hasarder à faire sortir la *Guïdare* du port, et dut attendre que le vent de nord-est eût hâlé un peu la terre d'Europe. Ce matin, seulement, sa tartane avait pu mouiller en vue de la villa. Donc, de ce chef, un retard qui ne lui donnait plus que peu d'avance sur le seigneur Kéraban et pouvait être préjudiciable à ses intérêts.

Yarhud devait maintenant agir sans perdre un jour. Son plan était tout indiqué : la ruse d'abord, la force ensuite, si la ruse échouait; mais il fallait que, le soir même, la *Guïdare* eût quitté la rade d'Odessa, ayant Amasia à son bord. Avant que l'éveil ne fût donné et qu'on pût la poursuivre, la tartane serait hors de portée avec ces brises de ord-ouest.

Les enlèvements de ce genre s'opèrent encore, et plus fréquemment qu'on ne saurait le croire, sur les divers points du littoral. S'ils sont assez fréquents dans les eaux turques, aux environs des parages de l'Anatolie, on doit également les redouter même sur les portions du territoire, directement soumis à l'autorité moscovite. Il y a quelques années à peine, Odessa avait été précisément éprouvée par une série de rapts, dont les auteurs sont demeurés inconnus. Plusieurs jeunes filles, appartenant à la haute société odessienne, disparurent, et il n'était que trop certain qu'elles avaient été enlevées à bord de bâtiments destinés à cet odieux commerce d'esclaves pour les marchés de l'Asie Mineure.

Or, ce que des misérables avaient fait dans cette capitale de la Russie méridionale, Yarhud comptait le refaire au profit du seigneur Saffar. La *Guïdare* n'en était plus à son coup d'essai en pareille matière, et son capitaine n'eût pas cédé à dix pour cent de perte les profits qu'il espérait retirer de cette entreprise « commerciale ».

Voici quel était le plan de Yarhud : attirer la jeune fille à bord de la *Guïdare*, sous prétexte de lui montrer et de lui vendre diverses étoffes précieuses, achetées aux principales fabriques du littoral. Très probablement, Ahmet accompagnerait Amasia à sa première visite; mais peut-être y reviendrait-elle seule avec Nedjeb? Ne serait-li pas possible alors de prendre la mer, avant qu'on pût lui porter secours. Si, au contraire, Amasia ne se laissait pas tenter par les offres de Yarhud, si elle refusait de venir à bord, le capitaine maltais essayerait de l'enlever de vive force. L'habitation du banquier Sélim était isolée dans une petite anse, au fond de la baie, et ses gens n'étaient point en état de résister à l'équipage de la tartane. Mais, dans ce cas, il y aurait lutte. On ne tarderait pas à savoir en quelles conditions se serait fait l'enlèvement. Donc, dans l'intérêt des ravisseurs, mieux valait qu'il s'accomplît sans éclat.

« Le seigneur Ahmet? dit en se présentant le capitaine Yarhud, qui était accompagné d'un de ses matelots, portant sous son bras quelques coupons d'étoffes.

— C'est moi, répondit Ahmet. Vous êtes?...

— Le capitaine Yarhud, commandant la tartane *Guïdare*, qui est mouillée là, devant l'habitation du banquier Sélim.

— Et que voulez-vous?

— Seigneur Ahmet, répondit Yarhud, j'ai entendu parler de votre prochain mariage...

— Vous avez entendu parler là, capitaine, de la chose qui me tient le plus au cœur!

— Je le comprends, seigneur Ahmet, répondit Yarhud en se retournant vers Amasia. Aussi ai-je eu la pensée de venir mettre à votre disposition toutes les richesses que contient ma tartane.

— Eh! capitaine Yarhud, vous n'avez point eu là une mauvaise idée! répondit Ahmet.

— Mon cher Ahmet, en vérité, que me faut-il donc de plus? dit la jeune fille.

— Que sait-on? répondit Ahmet. Ces capitaines levantins ont souvent un choix d'objets précieux, et il faut voir...

— Oui! il faut voir et acheter, s'écria Nedjeb, quand nous devrions ruiner le seigneur Kéraban pour le punir de son retard!

— Et de quels objets se compose votre cargaison, capitaine? demanda Ahmet.

— D'étoffes de prix que j'ai été chercher dans les lieux de production, répondit Yarhud, et dont je fais habituellement le commerce.

— Eh bien, il faudra montrer cela à ces jeunes femmes! Elles s'y connaissent beaucoup mieux que moi, et je serai heureux, ma chère Amasia, si le capitaine de la *Guïdare* a dans sa cargaison quelques étoffes qui puissent vous plaire!

— Je n'en doute pas, répondit Yarhud, et, d'ailleurs, j'ai eu soin d'apporter divers échantillons que je vous prie d'examiner, avant même de venir à bord.

— Voyons! voyons! s'écria Nedjed. Mais je vous préviens, capitaine, que rien ne peut être trop beau pour ma maîtresse!

— Rien, en effet! » répondit Ahmet.

Sur un signe de Yarhud, le matelot avait étalé plusieurs échantillons, que le capitaine de la tartane présenta à la jeune fille.

9

« Voici des soies de Brousse, brodées d'argent, dit-il, et qui viennent de faire leur apparition dans les bazars de Constantinople.

— Cela est vraiment d'un beau travail, répondit Amasia, en regardant ces étoffes, qui, sous les doigts agiles de Nedjeb, scintillaient comme si elles eussent été tissues de rayons lumineux.

— Voyez! voyez! répétait la jeune Zingare. Nous n'aurions pas trouvé mieux chez les marchands d'Odessa!

— En vérité, cela semble avoir été fabriqué exprès pour vous, ma chère Amasia! dit Ahmet.

— Je vous engage aussi, reprit Yarhud, à bien examiner ces mousselines de Scutari et de Tournovo. Vous pourrez juger, sur cet échantillon, de la perfection du travail; mais c'est à bord que vous serez émerveillés par la variété des dessins et l'éclat des couleurs de ces tissus.

— Eh bien, c'est entendu, capitaine, nous irons rendre visite à la *Guïdare!* s'écria Nedjeb.

— Et vous ne le regretterez pas, reprit Yarhud. Mais permettez-moi de vous montrer encore quelques autres articles. Voici des brocarts diamantés, des chemises de soie crêpée à rayures diaphanes, des tissus pour féredjés, des mousselines pour iachmaks, des châles de Perse pour ceinture, des taffetas pour pantalons... »

Amasia ne se lassait pas d'admirer ces magnifiques étoffes que le capitaine maltais faisait chatoyer sous ses yeux avec un art infini. Pour peu qu'il fût aussi bon marin qu'il était habile marchand, la *Guïdare* devait être habituée aux navigations heureuses. Toute femme, — et les jeunes dames turques ne font point exception, — se fût laissé tenter à la vue de ces tissus empruntés aux meilleures fabriques de l'Orient.

Ahmet vit aisément combien sa fiancée les regardait avec admiration. Certainement, ainsi que l'avait dit Nedjeb, ni les bazars d'Odessa, ni ceux de Constantinople, — pas même les magasins de Ludovic, le célèbre marchand arménien, — n'eussent offert un choix plus merveilleux.

« Chère Amasia, dit Ahmet, vous ne voudriez pas que ce honnête capitaine se fût dérangé pour rien? Puisqu'il vous montre de si belles étoffes, et puisque sa tartane en apporte de plus belles encore, nous irons visiter sa tartane.

— Oui! oui! s'écria Nedjeb, qui ne tenait plus en place et courait déjà vers la mer.

— Et nous trouverons bien, ajouta Ahmet,

quelque soierie qui plaise à cette folle de Nedjeb!

— Eh! ne faut-il point qu'elle fasse honneur à sa maîtresse, répondit Nedjeb, le jour où l'on célébrera son mariage avec un seigneur aussi généreux que le seigneur Ahmet?

— Et, surtout, aussi bon! ajouta la jeune fille, en tendant la main à son fiancé.

— Voilà qui est convenu, capitaine, dit Ahmet. Vous nous recevrez à bord de votre tartane.

— A quelle heure? demanda Yarhud, car je veux être là pour vous montrer toutes mes richesses?

— Eh bien... dans l'après-midi.

— Pourquoi pas tout de suite? s'écria Nedjeb.

— Oh! l'impatiente! répondit en riant Amasia. Elle est encore plus pressée que moi de visiter ce bazar flottant! On voit bien qu'Ahmet lui a promis quelque cadeau, qui la rendra plus coquette encore!

— Coquette, s'écria Nedjeb, de sa voix caressante, coquette pour vous seule, ma bien-aimée maîtresse!

— Il ne tient qu'à vous, seigneur Ahmet, dit alors le capitaine Yarhud, de venir dès à présent visiter la *Guïdare*. Je puis héler mon canot, il accostera au pied de la terrasse, et, en quelques coups d'avirons, il vous aura déposé à bord.

« — Faites donc, capitaine, répondit Ahmet.

— Oui... à bord ! s'écria Nedjeb.

— A bord, puisque Nedjeb le veut ! » ajouta la jeune fille.

Le capitaine Yarhud ordonna à son matelot de réemballer tous les échantillons qu'il avait apportés.

Pendant ce temps, il se dirigea vers la balustrade, à l'extrémité de la terrasse, et lança un long hélement.

On put aussitôt voir quelque mouvement se faire sur le pont de la tartane. Le grand canot, hissé sur les pistolets de bâbord, fut lestement descendu à la mer ; puis, moins de cinq minutes après, une embarcation, effilée et légère, sous l'impulsion de ses quatre avirons, venait accoster les premiers degrés de la terrasse.

Le capitaine Yarhud fit alors signe au seigneur Ahmet que le canot était à sa disposition.

Yarhud, malgré tout l'empire qu'il possédait sur lui-même, ne fut pas sans éprouver une vive émotion. N'était-ce pas là une occasion qui se présentait d'accomplir cet enlèvement ? Le temps pressait, car le seigneur Kéraban pouvait arriver d'une heure à l'autre. Rien ne prouvait, d'ailleurs, qu'avant d'opérer ce voyage insensé autour de la mer Noire,

il ne voudrait pas célébrer dans le plus bref délai
le mariage d'Amasia et d'Ahmet. Or, Amasia,
femme d'Ahmet, ne serait plus la jeune fille qu'attendait le palais du seigneur Saffar!

Oui! le capitaine Yarhud se sentit tout soudai-
nement poussé à quelque coup de force. C'était
bien dans sa nature brutale, qui ne connaissait
aucun ménagement. Au surplus, les circonstances
étaient propices, le vent favorable pour se dégager
des passes. La tartane serait en pleine mer, avant
qu'on eût pu songer à la poursuivre, au cas où la
disparition de la jeune fille se fût subitement
ébruitée. Certainement, Ahmet absent, si Amasia
et Nedjeb seules eussent rendu visite à la *Guïdare*,
Yarhud n'aurait pas hésité à se mettre en appareil-
lage et à prendre la mer, dès que les deux jeunes
filles, sans défiance, auraient été occupées à faire
un choix dans la cargaison. Il eût été facile de les
retenir prisonnières dans l'entrepont, d'étouffer
leurs cris, jusqu'au sortir de la baie. Ahmet présent,
c'était plus difficile, non impossible cependant.
Quant à se débarrasser plus tard de ce jeune homme,
si énergique qu'il fût, même au prix d'un meurtre,
cela n'était pas pour gêner le capitaine de la *Guïdare*. Le meurtre serait porté sur la note, et le rapt

payé plus cher par le seigneur Saffar, voilà tout.

Yarhud attendait donc sur les marches de la terrasse, tout en réfléchissant à ce qu'il convenait de faire, que le seigneur Ahmet et ses compagnes se fussent embarqués dans le canot de la *Guïdare*. Le léger bâtiment se balançait avec grâce sur ces eaux légèrement gonflées par la brise, à moins d'une encâblure.

Ahmet, se tenant sur la dernière marche, avait déjà aidé Amasia à prendre place sur le banc d'arrière de l'embarcation, lorsque la porte de la galerie s'ouvrit. Puis, un homme, âgé d'une cinquantaine d'années au plus, dont l'habillement turc se rapprochait du vêtement européen, entra précipitamment, en criant :

« Amasia?... Ahmet? »

C'était le banquier Sélim, le père de la jeune fiancée, le correspondant et l'ami du seigneur Kéraban.

« Ma fille?... Ahmet? » répéta Sélim.

Amasia, reprenant la main que lui tendait Ahmet, débarqua aussitôt et s'élança sur la terrasse.

« Mon père, qu'y a-t-il? demanda-t-elle. Quel motif vous ramène si vite de la ville?

— Une grande nouvelle!

— Bonne?... demanda Ahmet.

— Excellente! répondit Sélim. Un exprès, envoyé par mon ami Kéraban, vient de se présenter à mon comptoir!

— Est-il possible? s'écria Nedjeb.

— Un exprès, qui m'annonce son arrivée, répondit Sélim, et ne le précède même que de peu d'instants!

— Mon oncle Kéraban! répétait Ahmet... mon oncle Kéraban n'est plus à Constantinople?

— Non, et je l'attends ici! »

Fort heureusement pour le capitaine de la *Guïdare*, personne ne vit le geste de colère qu'il ne put retenir. L'arrivée immédiate de l'oncle d'Ahmet était la plus grave éventualité qu'il pût redouter pour l'accomplissement de ses projets.

« Ah! le bon seigneur Kéraban! s'écria Nedjeb.

— Mais pourquoi vient-il? demanda la jeune fille.

— Pour votre mariage, chère maîtresse! répondit Nedjeb. Sans cela, que viendrait-il faire à Odessa?

— Cela doit être, dit Sélim.

— Je le pense! répondit Ahmet. Pourquoi aurait-il quitté Constantinople, sans ce motif? Il se sera ravisé, mon digne oncle! Il a abandonné son comptoir, ses affaires, brusquement, sans prévenir!... C'est une surprise qu'il a voulu nous faire!

— Comme il va être reçu! s'écria Nedjeb, et quel bon accueil l'attend ici!

— Et son exprès ne vous a rien dit de ce qui l'amène, mon père? demanda Amasia.

— Rien, répondit Sélim. Cet homme a pris un cheval à la maison de poste de Majaki, où la voiture de mon ami Kéraban s'était arrêtée pour relayer. Il est arrivé au comptoir, afin de m'annoncer que mon ami Kéraban viendrait directement ici, sans s'arrêter à Odessa, et par conséquent, d'un instant à l'autre, mon ami Kéraban va apparaître! »

Si l'ami Kéraban pour le banquier Sélim, l'oncle Kéraban pour Amasia et Ahmet, le seigneur Kéraban pour Nedjeb, fut « par contumace » salué en cet instant des qualifications les plus aimables, il est inutile d'y insister. Cette arrivée, c'était la célébration du mariage à bref délai! C'était le bonheur des fiancés à courte échéance! L'union tant souhaitée n'attendrait même plus le délai fatal pour s'accomplir! Ah! si le seigneur Kéraban était le plus entêté, c'était aussi le meilleur des hommes!

Yarhud, impassible, assistait à toute cette scène

de famille. Cependant, il n'avait point renvoyé son canot. Il lui importait de savoir quels étaient, au juste, les projets du seigneur Kéraban. Ne pouvait-il craindre, en effet, que celui-ci ne voulût célébrer le mariage d'Amasia et d'Ahmet, avant de continuer son voyage autour de la mer Noire?

En ce moment, des voix que dominait une voix plus impérieuse se firent entendre au dehors. La porte s'ouvrit, et, suivi de Van Mitten, de Bruno, de Nizib, apparut le seigneur Kéraban.

X

DANS LEQUEL AHMET PREND UNE ÉNERGIQUE RÉSOLUTION, COMMANDÉE, D'AILLEURS, PAR LES CIRCONSTANCES.

« Bonjour, ami Sélim! bonjour! Qu'Allah te protège, toi et toute ta maison! »

Et, cela dit, le seigneur Kéraban serra solidement la main de son correspondant d'Odessa.

« Bonjour, neveu Ahmet! »

Et le seigneur Kéraban pressa sur sa poitrine, dans une vigoureuse étreinte, son neveu Ahmet.

« Bonjour, ma petite Amasia! »

Et le seigneur Kéraban embrassa sur les deux joues la jeune fille qui allait devenir sa nièce.

Tout cela fut fait si rapidement, que personne n'avait encore eu le temps de répondre.

« Et maintenant, au revoir et en route! » ajouta le seigneur Kéraban, en se retournant vers Van Mitten.

Le flegmatique Hollandais, qui n'avait point été

présenté, semblait être, avec son impassible figure, quelque étrange personnage, évoqué dans la scène capitale d'un drame.

Tous, à voir le seigneur Kéraban distribuer avec tant de prodigalité ses baisers et ses poignées de main, ne doutaient plus qu'il ne fût venu pour hâter le mariage; mais, lorsqu'ils l'entendirent s'écrier « En route! », ils tombèrent dans le plus parfait ahurissement.

Ce fut Ahmet qui intervint le premier en disant:

« Comment, en route!

— Oui! en route, mon neveu!

— Vous allez repartir, mon oncle?

— A l'instant! »

Nouvelle stupéfaction générale, tandis que Van Mitten disait à l'oreille de Bruno:

« En vérité, ces façons d'agir sont bien dans le caractère de mon ami Kéraban!

— Trop bien! » répondit Bruno.

Cependant, Amasia regardait Ahmet, qui regardait Sélim, tandis que Nedjeb n'avait d'yeux que pour cet oncle invraisemblable, — un homme capable de partir avant même d'être arrivé!

« Allons, Van Mitten, reprit le seigneur Kéraban, en se dirigeant vers la porte.

— Monsieur, me direz-vous?... dit Ahmet à Van Mitten.

— Que pourrais-je vous dire? » répliqua le Hollandais, qui marchait déjà sur les talons de son ami.

Mais le seigneur Kéraban, au moment de sortir, venait de s'arrêter, et, s'adressant au banquier :

« A propos, ami Sélim, lui demanda-t-il, vous me changerez bien quelques milliers de piastres pour leur valeur en roubles?

— Quelques milliers de piastres?... répondit Sélim, qui n'essayait même plus de comprendre.

— Oui... Sélim... de l'argent russe, dont j'ai besoin pour mon passage sur le territoire moscovite.

— Mais, mon oncle, nous direz-vous enfin ?... s'écria Ahmet, auquel se joignit la jeune fille.

— A quel taux le change aujourd'hui? demanda le seigneur Kéraban.

— Trois et demi pour cent, répondit Sélim, chez qui le banquier reparut un instant.

— Quoi! trois et demi?

— Les roubles sont en hausse! répondit Sélim. On les demande sur le marché...

— Allons, pour moi, ami Sélim, ce sera trois

un quart seulement! Vous entendez!... Trois un quart!

— Pour vous, oui!.. pour vous... ami Kéraban, et même sans aucune commission! »

Le banquier Sélim ne savait évidemment plus ni ce qu'il disait ni ce qu'il faisait.

Il va sans dire que, du fond de la galerie où il se tenait à l'écart, Yarhud observait toute cette scène avec une extrême attention. Qu'allait-il se produire de favorable ou de nuisible à ses projets?

En ce moment, Ahmet vint saisir son oncle par le bras; il l'arrêta sur le seuil de la porte qu'il allait franchir, et il le força, non sans peine, étant donné le caractère de l'entêté, à revenir sur ses pas.

« Mon oncle, lui dit-il, vous nous avez tous embrassés au moment où vous arriviez...

— Mais non! mais non! mon neveu, répondit Kéraban, au moment où j'allais repartir!

— Soit, mon oncle!... je ne veux pas vous contrarier... Mais, au moins, dites-nous pourquoi vous êtes venu à Odessa!

— Je ne suis venu à Odessa, répondit Kéraban, que parce qu'Odessa était sur ma route. Si Odessa n'avait point été sur ma route, je ne serais pas venu à Odessa! — N'est-il pas vrai, Van Mitten? »

Le Hollandais se contenta de faire un signe affirmatif, en abaissant lentement la tête.

« Ah! au fait, vous n'avez pas été présenté, et il faut que je vous présente! » dit le seigneur Kéraban.

Et, s'adressant à Sélim :

« Mon ami Van Mitten, lui dit-il, mon correspondant de Rotterdam, que j'emmène dîner à Scutari!

— A Scutari? s'écria le banquier.

— Il paraît!... dit Van Mitten.

— Et son valet Bruno, ajouta Kéraban, un brave serviteur, qui n'a pas voulu se séparer de son maître!

— Il paraît !... répondit Bruno, comme un écho fidèle.

— Et maintenant, en route! »

Ahmet intervint de nouveau :

« Soit, mon oncle, dit-il, et croyez bien que personne ici n'a l'envie de vous résister... Mais si vous n'êtes venu à Odessa que parce qu'Odessa est sur votre route, quelle route voulez-vous donc suivre pour aller de Constantinople à Scutari?

— La route qui fait le tour de la mer Noire!

— Le tour de la mer Noire! » s'écria Ahmet.

Et il y eut un instant de silence.

« Ah çà! reprit Kéraban, qu'y a-t-il d'étonnant, d'extraordinaire, s'il vous plaît, à ce que je me rende de Constantinople à Scutari en faisant le tour de la mer Noire? »

Le banquier Sélim et Ahmet se regardèrent. Est-ce que le riche négociant de Galata était devenu fou?

« Ami Kéraban, dit alors Sélim, nous ne songeons point à vous contrarier... »

C'était la phrase habituelle par laquelle on commençait prudemment toute conversation avec le têtu personnage.

« ... Nous ne voulons pas vous contrarier, mais il nous semble que, pour aller directement de Constantinople à Scutari, il n'y a qu'à traverser le Bosphore !

— Il n'y a plus de Bosphore !

— Plus de Bosphore?... répéta Ahmet.

— Pour moi, du moins! Il n'y en a que pour ceux qui veulent se soumettre à payer un impôt inique, un impôt de dix paras par personne, un impôt dont le gouvernement des nouveaux Turcs vient de frapper ces eaux libres de tout droit jusqu'à ce jour !

— Quoi!... un nouvel impôt! s'écria Ahmet, qui comprit en un instant dans quelle aventure un entêtement indéracinable venait de lancer son oncle.

— Oui, reprit le seigneur Kéraban en s'animant de plus belle. Au moment où j'allais m'embarquer dans mon caïque... pour aller dîner à Scutari.. avec mon ami Van Mitten, cet impôt de dix paras venait d'être établi!... Naturellement, j'ai refusé de payer!... On a refusé de me laisser passer!... J'ai dit que je saurais bien aller à Scutari sans traverser le Bosphore!... On m'a répondu que cela ne serait pas!... J'ai répondu que cela serait!.:. Et cela sera! Par Allah! je me serais plutôt coupé la main que de la porter à ma poche pour en tirer ces dix paras! Non! par Mahomet! par Mahomet! ils ne connaissent pas Kéraban! »

Évidemment, ils ne connaissaient pas Kéraban! Mais son ami Sélim, son neveu Ahmet, Van Mitten, Amasia, le connaissaient, et ils virent bien, après ce qui s'était passé, qu'il serait impossible de le faire revenir sur sa résolution. Il n'y avait donc pas à discuter, — ce qui aurait compliqué les choses, — mais à accepter la situation.

C'était tellement indiqué que cela se fit d'un commun accord, sans même entente préalable.

« Après tout, mon oncle, vous avez raison! dit Ahmet.

— Absolument raison! ajouta Sélim.

— Toujours raison! répondit Kéraban.

— Il faut résister aux prétentions iniques, reprit Ahmet, résister, quand il devrait vous en coûter la fortune...

— Et la vie! ajouta Kéraban.

— Vous avez donc bien fait de vous refuser au payement de cet impôt, et de montrer que vous saurez aller de Constantinople à Scutari, sans franchir le Bosphore...

— Et sans débourser dix paras, ajouta Kéraban, dût-il m'en coûter cinq cent mille!

— Mais vous n'êtes pas absolument pressé de partir, je suppose?... demanda Ahmet.

— Absolument pressé, mon neveu, répondit Kéraban. Il faut, tu sais pourquoi, que je sois de retour avant six semaines!

— Bon! mon cher oncle, vous pourriez bien nous donner quelque huit jours à Odessa?...

— Pas cinq jours, pas quatre, pas un, répondit Kéraban, pas même une heure! »

Ahmet, voyant que le naturel allait reprendre le dessus, fit signe à Amasia d'intervenir.

« Et notre mariage, monsieur Kéraban? dit la jeune fille, en lui prenant la main.

— Ton mariage, Amasia? répondit Kéraban, il ne sera en aucune façon reculé. Il faut qu'il soit fait avant la fin du mois prochain!... Eh bien, il le sera!... Mon voyage ne le retardera pas d'un jour... à la condition que je parte, sans perdre un instant! »

Ainsi tombait cet échafaudage d'espérances que tous avaient édifié sur l'arrivée inattendue du seigneur Kéraban. Le mariage ne serait pas hâté, mais il ne serait pas reculé non plus! disait-il. Eh! qui pouvait en répondre? Comment prévoir les éventualités d'un si long et si pénible voyage, fait dans ces conditions?

Ahmet ne put retenir un mouvement de dépit, que son oncle ne vit pas, heureusement, — pas plus qu'il n'aperçut le nuage qui obscurcit le front d'Amasia, — pas plus qu'il n'entendit Nedjeb murmurer :

« Ah! le vilain oncle!

— D'ailleurs, ajouta celui-ci du ton d'un homme qui fait une proposition à laquelle il n'est pas d'objection possible, d'ailleurs, je compte bien qu'Ahmet m'accompagnera!

— Diable! voilà un coup droit, difficile à parer!
dit à mi-voix Van Mitten.

— On ne le parera pas! » répondit Bruno.

Ahmet, en effet, avait reçu ce coup en plein
cœur. De son côté, Amasia, vivement atteinte par
l'annonce du départ de son fiancé, demeurait im-
mobile, près de Nedjeb, qui aurait arraché les
yeux au seigneur Kéraban.

Au fond de la galerie, le capitaine de la *Guïdare*
ne perdait pas un mot de cette conversation. Cela
prenait évidemment une tournure favorable à ses
projets.

Sélim, bien qu'il eût peu d'espoir de modifier
la résolution de son ami, crut devoir intervenir,
pourtant, et dit :

« Est-il donc nécessaire, Kéraban, que votre
neveu fasse avec vous le tour de la mer Noire?

— Nécessaire, non! répondit Kéraban, mais
je ne pense pas qu'Ahmet hésite à m'accompagner!

— Cependant!... reprit Sélim.

— Cependant?... » répondit l'oncle, dont les
dents se serrèrent, ainsi qu'il lui arrivait au début
de toute discussion.

Une minute de silence, qui parut interminable,

suivit le dernier mot prononcé par le seigneur Kéraban. Mais Ahmet avait énergiquement pris son parti. Il parlait bas à la jeune fille. Il lui faisait comprendre que, quelque chagrin qu'ils dussent ressentir tous deux de ce départ, mieux valait ne pas résister; que, sans lui, ce voyage pourrait éprouver des retards de toutes sortes; qu'avec lui, au contraire, ce voyage s'accomplirait plus rapidement; qu'avec sa parfaite connaissance de la langue russe, il ne laisserait perdre ni un jour ni une heure; qu'il saurait bien obliger son oncle à faire les pas doubles, comme on dit, cela dût-il lui coûter le triple; qu'enfin, avant la fin du prochain mois, c'est-à-dire avant la date à laquelle Amasia devait être mariée pour sauvegarder un intérêt de fortune considérable, il aurait ramené Kéraban sur la rive gauche du Bosphore.

Amasia n'avait pas eu la force de dire oui, mais elle comprenait que c'était le meilleur parti à prendre.

« Eh bien, c'est convenu, mon oncle! dit Ahmet. Je vous accompagnerai, et je suis prêt à partir, mais...

— Oh! pas de conditions, mon neveu!

— Soit, sans conditions! » répondit Ahmet.

Et, mentalement, il ajouta :

« Je saurai bien te faire courir, quand tu devrais t'y époumonner, oh! le plus têtu des oncles!

— En route donc, » dit Kéraban.

Et se retournant vers Sélim :

« Ces roubles en échange de mes piastres?...

— Je vous les donnerai à Odessa, où je vais vous accompagner, répondit Sélim.

— Vous êtes prêt, Van Mitten? demanda Kéraban.

— Toujours prêt.

— Eh bien, Ahmet, reprit Kéraban, embrasse ta fiancée, embrasse-la bien, et partons! »

Ahmet serrait déjà la jeune fille dans ses bras. Amasia ne pouvait retenir ses larmes.

« Ahmet, mon cher Ahmet!... répétait-elle.

— Ne pleurez pas, chère Amasia! disait Ahmet. Si notre mariage n'est pas avancé, il ne sera pas retardé non plus, je vous le promets!... Ce ne sont que quelques semaines d'absence!...

— Ah! chère maîtresse, dit Nedjeb, si le seigneur Kéraban pouvait seulement se casser une jambe ou deux avant de sortir d'ici! Voulez-vous que je m'occupe de cela? »

Mais Ahmet ordonna à la jeune Zingare de se tenir tranquille, et il fit bien. Certainement, Nedjeb était femme à tout tenter pour arrêter cet oncle intraitable.

Les adieux étaient faits, les derniers baisers étaient échangés. Tous se sentaient émus. Le Hollandais lui-même éprouvait comme un serrement de cœur. Seul, le seigneur Kéraban ne voyait rien ou ne voulait rien voir de l'attendrissement général.

« La chaise est-elle prête? demanda-t-il à Nizib, qui entrait à ce moment dans la galerie.

— La chaise est prête, répondit Nizib.

— En route! dit Kéraban. Ah! messieurs les modernes Ottomans, qui vous habillez à l'européenne! Ah! messieurs les nouveaux Turcs, qui ne savez plus même être gras!... »

C'était évidemment là une impardonnable décadence aux yeux du seigneur Kéraban.

« ... Ah! messieurs les renégats, qui vous soumettez aux prescriptions de Mahmoud, je vous montrerai qu'il y a encore de Vieux Croyants, dont vous n'aurez jamais raison! »

Personne ne le contredisait alors, le seigneur Kéraban, et pourtant il s'animait de plus belle.

« Ah! vous prétendez monopoliser le Bosphore
à votre profit! Eh bien, je m'en passerai, de votre
Bosphore! Je m'en moque, de votre Bosphore! —
Vous dites, Van Mitten?...

— Je ne dis rien, répondit Van Mitten, qui,
de fait, n'avait pas même ouvert la bouche et s'en
fût bien gardé!

— Votre Bosphore! Leur Bosphore! reprit le seigneur Kéraban, en tendant son poing vers le sud.
Heureusement, la mer Noire est là! Elle a un littoral, la mer Noire, et il n'est pas uniquement fait
pour les conducteurs de caravanes! Je le suivrai, je
le contournerai! Hein! mes amis, voyez-vous d'ici
la figure que feront ces employés du gouvernement,
quand ils me verront apparaître sur les hauteurs
de Scutari, sans avoir jeté même un demi-para
dans leur sébille de mendiants administratifs! »

Il faut bien en convenir, le seigneur Kéraban,
tout débordant de menaces en cette suprême im-
précation, était magnifique.

« Allons, Ahmet! allons, Van Mitten! s'écria-
t-il. En route! en route! en route! »

Il était déjà sur la porte, lorsque Sélim l'arrêta
d'un mot :

« Ami Kéraban, dit-il, une simple observation.

— Pas d'observations!

— Eh bien, une simple remarque que je désire-
rais vous faire, reprit le banquier.

— Eh! avons-nous le temps?...

— Écoutez-moi, ami Kéraban. Une fois arrivé à
Scutari, après avoir achevé ce tour de la mer Noire,
que ferez-vous?

— Moi?... Eh bien, je... je...

— Vous n'allez pas, je suppose, vous fixer à Scutari, sans jamais revenir à Constantinople, où est
le siège de votre maison de commerce?

— Non... répondit Kéraban, en hésitant un
peu.

— Au fait, mon oncle, fit observer Ahmet, pour
peu que vous vous obstiniez à ne plus passer le
Bosphore, notre mariage...

— Ami Sélim, rien n'est plus simple! répondit
Kéraban, en éludant la première question, qui ne
laissait pas de l'embarrasser. Qui vous empêche
de venir avec Amasia à Scutari? Cela vous coûtera
dix paras par tête, il est vrai, pour franchir leur
Bosphore, mais votre honneur n'est pas engagé
comme le mien dans l'affaire!

— Oui! oui! Venez à Scutari, dans un mois!
s'écria Ahmet. Vous nous attendrez là, ma chère

Amasia, et nous ferons en sorte de ne pas trop vous
faire attendre!

— Soit! Rendez-vous à Scutari! répondit Sélim.
C'est là que nous célébrerons le mariage! — Mais
enfin, ami Kéraban, le mariage fait, ne reviendrez
vous pas à Constantinople?

— J'y reviendrai, s'écria Kéraban, certes, j'y
reviendrai!

— Et comment?

— Eh bien, ou cet impôt vexatoire sera aboli, et
je passerai le Bosphore... sans payer...

— Et s'il ne l'est pas?

— S'il ne l'est pas?... répondit le seigneur Kéraban avec un geste superbe. Par Allah! je reprendrai
le même chemin, et je referai le tour de la mer
Noire! »

XI

DANS LEQUEL IL SE MÊLE UN PEU DE DRAME
A CETTE FANTAISISTE HISTOIRE DE VOYAGE.

Ils étaient tous partis ! Ils avaient quitté la villa, le seigneur Kéraban pour accomplir ce voyage, Van Mitten pour accompagner son ami, Ahmet pour suivre son oncle, Nizib et Bruno, parce qu'ils ne pouvaient faire autrement ! L'habitation était maintenant déserte, à ne point compter cinq ou six serviteurs, qui s'occupaient de leur besogne dans les communs. Le banquier Sélim, lui-même, venait de se rendre à Odessa, afin de remettre aux voyageurs les roubles échangés contre leurs piastres ottomanes.

La villa ne comptait plus parmi ses hôtes que les deux jeunes filles, Amasia et Nedjeb.

Le capitaine maltais le savait bien. Toutes les péripéties de cette scène d'adieux, il les avait suivies avec un intérêt facile à comprendre. Le seigneur Kéraban remettrait-il à son retour le mariage d'Amasia et d'Ahmet ? Il l'avait remis : première bonne carte dans son jeu. Ahmet consentirait-il à accompagner son oncle ?... Il y avait consenti : seconde bonne carte dans le jeu d'Yarhud.

Eh bien, le Maltais en avait une troisième : Amasia et Nedjeb étaient maintenant seules dans la villa, ou, tout au moins, dans la galerie qui s'ouvrait sur la mer. Sa tartane se trouvait là, à une demi-encâblure... Son canot l'attendait au bas des degrés... Ses matelots étaient gens à lui obéir sur un signe... Il n'avait qu'à vouloir!

Le capitaine fut vivement tenté d'employer la violence pour s'emparer d'Amasia. Mais, au fond, comme c'était un homme prudent, ne voulant rien donner au hasard, décidé à ne laisser aucune trace de l'enlèvement, il se mit à réfléchir.

Or, il faisait grand jour alors. S'il tentait d'agir par force, Amasia appellerait à son aide. Nedjeb joindrait ses cris aux siens. Peut-être seraient-elles entendues de quelque serviteur! Peut-être verrait-on la *Guïdare* appareillant en toute hâte pour sortir de la baie d'Odessa! Ce serait là un indice, un commencement de preuve... Non! mieux valait opérer avec plus de circonspection et attendre la nuit pour agir. L'important était qu'Ahmet ne fût plus là..., et il n'y était plus.

Le Maltais resta donc à l'écart, assis à l'arrière de son canot que dissimulait en partie la balustrade, et il observait les deux jeunes filles. Elles ne songeaient guère à la présence de ce dangereux personnage.

Toutefois, si, par suite de la visite convenue, Amasia et Nedjeb consentaient à venir à bord de la tartane, soit pour examiner les articles dont elles devaient faire emplette, soit pour tout autre motif, — et Yarhud avait une idée à cet égard, — il verrait s'il serait opportun de se décider, sans attendre la nuit.

Après le départ d'Ahmet, Amasia, frappée de ce coup subit, était restée silencieuse, pensive, regardant le lointain horizon qui se déroulait vers le nord Là se dessinait ce littoral, dont les voyageurs allaient obstinément suivre le contour; là, cette route où les retards, les dangers peut-être, mettraient à l'épreuve le seigneur Kéraban et tous ceux qu'il entraînait malgré eux ! Si son mariage eût été fait, elle n'aurait pas hésité à accompagner Ahmet ! Comment l'oncle s'y serait-il opposé ? Il ne l'eût pas voulu. Non ! Devenue sa nièce, il lui semblait qu'elle aurait eu quelque influence sur lui, qu'elle l'aurait arrêté sur cette pente dangereuse, où son obstination pouvait le pousser encore ! Et maintenant, elle était seule, et il lui fallait attendre bien des semaines avant de se retrouver avec Ahmet dans cette villa de Scutari, où leur union devait s'accomplir !

Mais si Amasia était triste, Nedjeb était furieuse, elle, furieuse contre l'entêté, cause de toutes ces déceptions ! Ah ! s'il se fût agi de son propre mariage, la jeune Zingare ne se fût point laissé enlever ainsi son fiancé ! Elle aurait tenu tête au têtu ! Non ! cela ne se serait pas passé de la sorte !

Nedjeb s'approcha de la jeune fille. Elle la prit par la main ; elle la ramena vers le divan ; elle la força de s'y reposer, et, prenant un coussin, s'assit à ses pieds.

« Chère maîtresse, dit-elle, à votre place, au lieu de penser au seigneur Ahmet pour le plaindre, je penserais au seigneur Kéraban pour le maudire à mon aise !

— A quoi bon ? répondit Amasia.

— Il me semble que ce serait moins triste ! reprit Nedjeb. Si vous le voulez, nous allons accabler cet oncle de toutes nos malédictions! Il les mérite, et je vous assure que je lui ferai bonne mesure!

— Non, Nedjeb, répondit Amasia. Parlons plutôt d'Ahmet! C'est à lui seul que je dois penser! c'est à lui seul que je pense!

— Parlons-en donc, chère maîtresse, dit Nedjeb. En vérité, c'est bien le plus charmant fiancé que puisse rêver une jeune fille, mais quel oncle il a! Ce despote, cet égoïste, ce vilain homme, qui n'avait qu'un mot à dire et qui ne l'a pas dit, qui n'avait qu'à nous donner quelques jours et qui les a refusés! Vraiment! il mériterait...

— Parlons d'Ahmet! reprit Amasia.

— Oui, chère maîtresse! Comme il vous aime! Combien vous serez heureuse avec lui! Ah! il serait parfait s'il n'avait pas un pareil oncle! Mais en quoi est-il bâti, cet homme-là? Savez-vous qu'il a bien fait de ne point prendre de femme, ni une ni plusieurs! Avec ses entêtements, il aurait fait ré-volter jusqu'aux esclaves de son harem!

— Voilà que tu parles encore de lui, Nedjeb! dit Amasia, dont les pensées suivaient un tout autre cours.

— Non!... non!... je parle du seigneur Ahmet! Comme vous, je ne songe qu'au seigneur Ahmet!

Eh, tenez! à sa place, je ne me serais pas rendue!
J'aurais insisté!... Je lui croyais plus d'énergie!

— Qui te dit, Nedjeb, qu'il n'a pas montré plus
d'énergie à céder aux ordres de son oncle qu'à lui
résister? Ne vois-tu pas, quelque douleur que cela
me cause, que mieux valait qu'il fût de ce voyage,
pour le hâter par tous les moyens possibles, pour
prévenir peut-être des dangers dans lesquels le seigneur Kéraban risque de se jeter avec son entêtement habituel. Non! Nedjeb, non! En partant,
Ahmet a fait preuve de courage! En partant, il m'a
donné une nouvelle preuve de son amour!

— Il faut que vous ayez raison, ma chère maîtresse! répondit Nedjeb, qui, emportée par la vivacité de son sang de Zingare, ne pouvait se rendre!
Oui! le seigneur Ahmet s'est montré énergique en
partant! Mais n'eût-il pas été plus énergique encore s'il eût empêché son oncle de partir!

— Était-ce possible, Nedjeb? reprit Amasia. Je
te le demande, était-ce possible?

— Oui... non!... peut-être! répondit Nedjeb. Il
n'y a pas de barre de fer qu'on ne puisse faire
plier... ou briser, au besoin! Ah! cet oncle Kéraban!
C'est bien à lui seul qu'il faut s'en prendre! Et s'il
arrive quelque accident, c'est lui seul qui en sera

responsable ! Et quand je pense que c'est pour ne pas payer dix paras qu'il fait le malheur du seigneur Ahmet, le vôtre... et, par conséquent, le mien ! Je voudrais, oui !... je voudrais que la mer Noire débordât jusqu'aux dernières limites du monde, pour voir s'il s'obstinerait encore à en faire le tour !

— Il le ferait ! répondit Amasia d'un ton de conviction profonde. Mais parlons d'Ahmet, Nedjeb, et ne parlons que de lui ! »

En ce moment, Yarhud venait de quitter son canot, et, sans être vu, il s'avançait vers les deux jeunes filles. Au bruit de ses pas, toutes deux se retournèrent. Leur surprise, mêlée d'un peu de crainte, fut grande en l'apercevant près d'elles.

Nedjeb s'était relevée la première.

« Vous, capitaine ? dit-elle. Que venez-vous faire ici ? Que voulez-vous donc ?...

— Je ne veux rien, répondit Yarhud, en feignant quelque étonnement de se voir accueilli de la sorte, je ne veux rien, si ce n'est me mettre à votre disposition pour...

— Pour ?... répéta Nedjeb.

— Pour vous conduire à bord de la tartane, répondit le capitaine. N'avez-vous pas décidé de venir visiter sa cargaison et de faire un choix de ce qui pourrait vous convenir?

— C'est vrai, chère maîtresse, s'écria Nedjeb. Nous avions promis au capitaine...

— Nous avions promis, quand Ahmet était encore là, répondit la jeune fille, mais Ahmet est parti, et il n'y a plus lieu de nous rendre à bord de la *Guïdare!* »

Les sourcils du capitaine se froncèrent un instant; puis, du ton le plus calme :

« La *Guïdare*, dit-il, ne peut faire un long séjour dans la baie d'Odessa, et il est possible que j'appareille demain ou après-demain au plus tard. Si donc la fiancée du seigneur Ahmet veut faire acquisition de quelques-unes de ces étoffes dont les échantillons ont paru lui plaire, il faudrait profiter de cette occasion. Mon canot est là, et, en quelques instants, nous pourrons être à bord.

— Nous vous remercions, capitaine, répondit froidement Amasia, mais j'aurais peu de goût à m'occuper de pareilles fantaisies en l'absence du seigneur Ahmet! Il devait nous accompagner dans cette visite à la *Guïdare*, il devait nous aider de ses conseils... Il n'est plus là, et, sans lui, je ne peux et ne veux rien faire!

— Je le regrette, répondit Yarhud, d'autant plus que le seigneur Ahmet, je n'en doute pas, serait agréablement surpris, à son retour, si vous aviez fait ces acquisitions! C'est une occasion qui ne se retrouvera plus, et que vous regretterez!

— Cela est possible, capitaine, répondit Nedjeb, mais, en ce moment, vous ferez mieux, je pense, de ne point insister à ce sujet!

— Soit, reprit Yarhud, en s'inclinant. Toutefois, laissez-moi espérer que si, dans quelques semaines, les hasards de ma navigation ramenaient la *Guïdare* à Odessa, vous voudriez bien ne point oublier que vous aviez promis de lui rendre visite.

— Nous ne l'oublierons pas, capitaine, » répondit Amasia, en faisant comprendre au Maltais qu'il pouvait se retirer.

Yarhud salua donc les deux jeunes filles; il fit quelques pas vers la terrasse; puis, s'arrêtant, comme si quelque idée lui fût venue soudain, il revint vers Amasia, au moment où la jeune fille allait quitter la galerie.

« Un mot encore, dit-il, ou plutôt une proposition, qui ne peut qu'être agréable à la fiancée du seigneur Ahmet.

— De quoi s'agit-il? demanda Amasia, un peu

impatientée de cette obstination du capitaine maltais à lui imposer sa présence et cette conversation dans la villa.

— Le hasard m'a fait assister à toute cette scène, qui a précédé le départ du seigneur Ahmet.

— Le hasard? répondit Amasia, devenue méfiante, comme par un pressentiment.

— Le hasard seul! répondit Yarhud. J'étais là, dans mon canot, qui était resté à votre disposition...

— Quelle proposition avez-vous à nous faire, capitaine? demanda la jeune fille.

— Une proposition très naturelle, répondit Yarhud. J'ai vu combien la fille du banquier Sélim avait été affectée de ce brusque départ, et, s'il lui plaisait de revoir encore une fois le seigneur Ahmet?...

— Revoir encore une fois!... Que voulez-vous dire? répondit Amasia, dont le cœur battit à cette pensée.

— Je veux dire, reprit Yarhud, que, dans une heure, l'équipage du seigneur Kéraban passera nécessairement à la pointe de ce petit cap que vous apercevez là-bas! »

Amasia s'était avancée et regardait, la légère courbure de la côte à l'endroit indiqué par le capitaine.

« Là?... là?... fit-elle.

— Oui.

— Chère maîtresse, s'écria Nedjeb, si nous pouvions nous rendre à cette pointe?

— Rien n'est plus facile, répondit Yarhud. En une demi-heure, avec le vent portant, la *Guïdare* peut avoir atteint ce cap, et, si vous voulez vous embarquer, nous appareillerons immédiatement.

— Oui!... oui!... » s'écria Nedjeb, qui ne voyait, dans cette promenade en mer, qu'une occasion pour Amasia de revoir encore une fois son fiancé.

Mais Amasia avait réfléchi. Devant cette hésitation, le capitaine n'avait pu retenir un mouvement, qui ne lui avait point échappé. Il lui sembla alors que la physionomie de Yarhud ne prévenait guère en sa faveur. Elle redevint défiante.

Quittant la balustrade, sur laquelle elle s'était accoudée pour mieux apercevoir la prolongation du littoral, Amasia rentra dans la galerie avec Nedjeb, dont elle avait saisi la main.

« J'attends vos ordres? dit le capitaine.

— Non, capitaine, répondit Amasia. En revoyant mon fiancé dans ces conditions, je crois que je lui ferais moins de plaisir que de peine! »

Yarhud, comprenant que rien ne ferait revenir la jeune fille sur son refus, se retira froidement.

11

Un instant après, l'embarcation débordait, emmenant le capitaine maltais et ses hommes; puis, elle accostait la tartane, et restait élongée sur son flanc de bâbord, tourné au large.

Les deux jeunes filles demeurèrent seules dans la galerie, pendant une heure encore. Amasia revint s'accouder sur la balustrade. Elle regardait obstinément ce point du littoral, indiqué par Yarhud, que devait franchir la chaise du seigneur Kéraban.

Nedjeb observait, comme elle, ce retour de la côte, qui se développait à près d'une lieue dans l'est.

Au bout d'une heure, en effet, la jeune Zingaro de s'écrier :

« Ah! chère maîtresse, voyez! voyez! N'apercevez-vous pas une voiture qui suit la route, là-bas, au sommet de la falaise?

— Oui! oui! répondit Amasia! Ce sont eux! C'est lui, lui !

— Il ne peut vous voir!...

— Qu'importe! Je sens qu'il me regarde !

— N'en doutez pas, chère maîtresse! répondit Nedjeb. Ses yeux auront bien su découvrir la villa au milieu des arbres, au fond de la baie, et peut-être nous...

— Au revoir, mon Ahmet! au revoir! » dit une dernière fois la jeune fille, comme si cet adieu eût pu parvenir jusqu'à son fiancé.

Amasia et Nedjeb, lorsque la chaise de poste eut disparu au tournant de la route, sur l'extrême pente de la falaise, quittèrent la galerie et regagnèrent l'intérieur de l'habitation.

Du pont de la tartane, Yarhud les vit se retirer, et il donna l'ordre aux hommes de quart de guetter leur retour, si elles revenaient, lorsque la nuit commencerait à tomber. Alors, il agirait par la force, puisque la ruse n'avait pu lui réussir.

Sans doute, depuis le départ d'Ahmet, avec cette heureuse circonstance que le mariage ne se ferait pas avant six semaines, l'enlèvement de la jeune fille ne demandait plus à être accompli aussi hâtivement. Mais il fallait compter avec les impatiences du seigneur Saffar, dont la rentrée à Trébizonde était peut-être prochaine. Or, étant données les incertitudes d'une navigation sur la mer Noire, un bâtiment à voile peut éprouver des retards de quinze à vingt jours. Il importait donc de partir le plus tôt possible, si Yarhud voulait arriver à l'époque fixée dans son entretien avec l'intendant Scarpante. Sans doute, Yarhud était un coquin, mais c'était un coquin qui tenait à faire honneur à ses engagements. De là, son projet d'opérer sans perdre un seul instant.

Les circonstances ne devaient que trop le servir. En effet, vers le soir, avant même que son père fût revenu de la maison de banque, Amasia rentra dans la galerie. Elle était seule, cette fois. Sans attendre que la nuit fût complète, la jeune fille voulait revoir encore une fois ce lointain panorama de falaises qui fermait l'horizon dans le nord. C'était par là que s'en allait tout son cœur. Elle reprit donc cette place, à laquelle elle reviendrait souvent, sans doute, elle s'accouda sur la balustrade, et demeura pensive, ayant dans les yeux un de ces regards qui vont au delà du possible, et qu'aucune distance ne peut arrêter.

Mais aussi, perdue dans ses réflexions, Amasia n'aperçut pas une embarcation qui se détachait de la *Guïdare*, déjà à peine visible dans l'ombre. Elle ne la vit pas s'approcher sans bruit, longer en les contournant les degrés de la terrasse, et s'arrêter aux premières marches que baignaient les eaux de la baie.

Cependant, Yarhud, suivi de trois matelots, s'était glissé en rampant sur les gradins.

La jeune fille, absorbée dans sa rêveuse pensée, ne l'avait pas aperçu.

Soudain, Yarhud, bondissant sur elle, la saisit avec tant de force et d'à-propos qu'elle fut dans l'impossibilité de lui résister.

« A moi! à moi! » put cependant crier la malheureuse enfant.

Ses cris furent aussitôt étouffés; mais ils avaient été entendus de Nedjeb, qui venait chercher sa maîtresse.

A peine la jeune Zingare eut-elle franchi la porte de la galerie, que deux des matelots, se jetant sur elle, comprimaient aussitôt ses mouvements et ses cris.

« A bord ! » dit Yarhud.

Les deux jeunes filles, irrésistiblement emportées, furent déposées dans l'embarcation, qui déborda pour rallier la tartane.

La *Guïdare*, son ancre à pic, ses voiles hautes, n'avait plus qu'à déraper pour appareiller.

C'est ce qui fut fait, dès qu'Amasia et Nedjeb eurent été enfermées à bord, dans une cabine de l'arrière, ne pouvant plus rien voir, ne pouvant plus se faire entendre.

Cependant, la tartane, ayant pris le vent, s'inclinait sous ses grandes antennes, de manière à sortir de la petite anse qui bordait les murs de la villa.

Mais, si rapidement qu'eût été fait ce coup de force, il avait éveillé l'attention de quelques serviteurs, occupés dans les jardins.

L'un d'eux avait entendu le cri poussé par Amasia : il donna aussitôt l'alarme.

A ce moment, le banquier Sélim rentrait à son habitation. Il fut mis au courant de ce qui venait de se passer. Dans une angoisse dont il ne pouvait se rendre compte, il chercha sa fille... Sa fille avait disparu.

Mais, en voyant la tartane évoluer pour doubler l'extrémité sud de la petite anse, Sélim comprit tout. Il courut, à travers les jardins, vers une pointe que devait raser d'assez près la *Guïdare*, afin d'éviter les dernières roches du littoral.

« Misérables! criait-il. On enlève ma fille! ma fille! Amasia! Arrêtez-les!... arrêtez!... »

Un coup de feu, parti du pont de la *Guïdare*, fut l'unique réponse à son appel.

Sélim tomba frappé d'une balle à l'épaule.

Un instant après, la tartane, toutes voiles dessus, enlevée par la fraîche brise du soir, avait disparu au large de l'habitation.

XII

DANS LEQUEL VAN MITTEN RACONTE UNE HISTOIRE DE TULIPES, QUI INTÉRESSERA PEUT-ÊTRE LE LECTEUR.

La chaise de poste, attelée de chevaux frais, avait quitté Odessa vers une heure de l'après-midi. Le seigneur Kéraban occupait le coin de gauche du coupé, Van Mitten, le coin de droite, Ahmet, la place du milieu. Bruno et Nizib étaient remontés dans le cabriolet, où le temps se passait pour eux moins à causer qu'à dormir.

Un soleil assez vif égayait la campagne, et les eaux de la mer se détachaient en bleu sombre sur les falaises grisâtres du littoral.

Dans le coupé, on commença par être tout aussi silencieux que dans le cabriolet, à cela près que, si l'on sommeillait en haut, on réfléchissait en bas.

Le seigneur Kéraban s'enfonçait avec délices dans ses rêves d'entêtement, et ne songeait qu'au

« bon tour » qu'il prétendait jouer aux autorités
ottomanes.

Van Mitten pensait à ce voyage imprévu, et
ne cessait de se demander pourquoi lui, citoyen
des provinces bataves, il était lancé sur les routes
littorales de la mer Noire, lorsqu'il pouvait tranquillement rester dans le faubourg de Péra, à
Constantinople.

Ahmet, lui, avait franchement pris son parti de
ce départ. Mais il était bien décidé à ne point épargner la bourse de son oncle, dans tous les cas où
un retard devrait être évité ou un obstacle franchi
à prix d'argent. On irait par le plus court, mais
aussi par le plus vite.

Le jeune homme ruminait tout cela dans sa tête,
quand, au tournant du petit cap, il aperçut au fond
de la baie la villa du banquier Sélim. Ses yeux
se fixèrent sur ce point, — sans doute au moment
où les yeux d'Amasia se portaient vers lui, — et il
est probable que leurs regards se croisèrent sans
avoir pu s'atteindre.

Puis, s'adressant à son oncle, Ahmet, résolu à
toucher une question des plus délicates, lui demanda s'il avait arrêté minutieusement tous les
détails de l'itinéraire.

« Oui, mon neveu, répondit Kéraban. Nous suivrons, sans jamais l'abandonner, la route qui contourne le littoral.

— Et nous nous dirigeons, en ce moment?...

— Sur Koblewo, à une douzaine de lieues d'Odessa, et je compte bien y arriver ce soir.

— Et une fois à Koblewo? demanda Ahmet....

— Nous voyagerons toute la nuit, mon neveu, afin d'arriver à Nikolaïef demain, vers midi, après avoir franchi les dix-huit lieues qui séparent cette ville de la bourgade.

— Très bien, oncle Kéraban, il s'agit d'aller vite, en effet!... Mais, arrivé à Nikolaïef, ne songerez-vous pas à atteindre, en quelques jours seulement, les districts du Caucase?

— Et comment?

— En usant des chemins de fer de la Russie méridionale, qui, par Alexandroff et Rostow, nous permettront d'accomplir ainsi un bon tiers de notre voyage.

— Les chemins de fer? » s'écria Kéraban.

En ce moment, Van Mitten poussa légèrement le coude de son jeune compagnon :

« Inutile! lui dit-il à mi-voix... Discussion inutile!... Horreur des chemins de fer! »

Ahmet n'était pas sans savoir quelles étaient les idées de son oncle sur ces moyens de locomotion trop modernes pour un fidèle du vieux parti turc; mais enfin, en ces conjonctures, il lui semblait que le seigneur Kéraban pourrait bien, pour une fois, se départir de ses déplorables préventions.

Céder, même un instant, sur un point quelconque!... Kéraban n'eût plus été Kéraban.

« Tu parles de chemin de fer, je crois?... dit-il.

— Sans doute, mon oncle.

— Tu veux que moi, Kéraban, je consente à faire ce que je n'ai jamais fait encore?

— Il me semble que...

— Tu veux que moi, Kéraban, je me fasse stupidement traîner par une machine à vapeur?

— Quand vous aurez essayé...

— Ahmet, il est évident que tu ne réfléchis pas à ce que tu as l'audace de me proposer!

— Mais, mon oncle!...

— Je dis que tu ne réfléchis pas, puisque tu te permets de formuler cette proposition!

— Je vous assure, mon oncle, que dans ces wagons...

— Wagons?... dit Kéraban, en répétant ce mot

d'importation-étrangère-avec-une-intonation-diffi-cile à rendre.

— Oui... ces wagons, qui glissent sur des rails...

— Rails?... fit Kéraban. Quels sont ces horribles mots, et quelle langue parlons-nous, s'il te plaît?

— Mais la langue des voyageurs modernes!

— Dis donc, mon neveu, répondit l'entêté personnage, en s'animant, est-ce que j'ai l'air d'un voyageur moderne, qui consente jamais à monter en wagon et à se faire tirer par une mécanique? Est-ce que j'ai besoin de glisser sur des rails, quand je puis rouler sur une route?

— Lorsqu'on est pressé, mon oncle...

— Ahmet, regarde-moi bien en face et retiens ceci : il n'y aurait plus de voitures, que j'irais en charrette; plus de charrettes, que j'irais à cheval; plus de cheval, que j'irais à âne; plus d'âne, que j'irais à pied; plus de pieds, que j'irais à genoux; plus de genoux, que j'irais...

— Ami Kéraban, arrêtez-vous, de grâce! s'écria Van Mitten.

— ...Que j'irais sur le ventre! répliqua le seigneur Kéraban. Oui!... sur le ventre! »

Et saisissant le bras d'Ahmet :

« Est-ce que tu as jamais entendu dire que Ma-

homet ait pris le chemin de fer pour aller à la
Mecque? »

A ce dernier argument, il n'y avait évidemment rien à répondre. Aussi, Ahmet, qui aurait
pu répliquer que, s'il y avait eu des chemins de
fer de son temps, Mahomet les eût pris, sans doute,
se tut-il, pendant que le seigneur Kéraban continuait à grommeler dans son coin, en dénaturant
à plaisir tous les mots de l'argot railwayen.

Cependant, si la chaise ne pouvait prétendre à
lutter de rapidité avec un express, elle marchait
bien. Son attelage, sur une route assez bonne, l'en-
levait au petit galop, et il n'y avait pas à se plaindre. Les chevaux ne manquaient point aux relais.
Ahmet, qui s'était chargé du règlement de toutes
les dépenses, — son oncle y avait volontiers consenti, — payait des surtaxes et soldait les bakh-
chichs ou pourboires des postillons avec une
générosité impériale. Les billets s'envolaient de
sa poche. On eût dit d'un cavalier semant des
roubles sur les chemins d'un « rallie-paper » !

Tant et si bien que, le jour même, la chaise, en
longeant le littoral, passa par les bourgades de
Schumirka, d'Alexandrowka, et, le soir, arriva à
la bourgade de Koblewo.

De là, pendant la nuit, remontant dans l'intérieur de la province, de manière à franchir le Bug, à la hauteur de Nikolaief, à travers le gouvernement de Kherson, les voyageurs atteignirent facilement cette ville, vers le midi du 28 août.

Trois heures de halte retinrent la chaise devant un hôtel passable, qui fournit un déjeûner de même qualité, dont Bruno prit sa bonne part. Ahmet profita de ce répit pour écrire au banquier Sélim que le voyage se faisait dans des conditions acceptables, en ajoutant de bien douces choses pour Amasia. Le seigneur Kéraban, lui, ne crut pas pouvoir mieux passer ces heures d'attente qu'en prolongeant le dessert entre les suaves absorptions du moka et les odorantes aspirations de son narghilé.

Quant à Van Mitten, d'accord avec Bruno sur ce point qu'il valait autant que ce singulier voyage servît à leur instruction, il alla visiter cette ville de Nikolaief, dont la prospérité s'accroît visiblement aux dépens de sa rivale Kherson et menace même de substituer son nom au sien dans l'appellation géographique du gouvernement.

Ahmet fut le premier à donner le signal du départ. Le Hollandais n'eut garde de le faire attendre.

Le seigneur Kéraban lança la dernière bouffée de son narghilé, au moment où le postillon se mettait en selle, et la chaise prit la route qui descend vers Kherson.

Il y avait dix-sept lieues à faire à travers un pays peu fertile. Çà et là, des mûriers, des peupliers, des saules. Aux approches du Dnieper, dont le cours de près de quatre cents lieues se termine à Kherson, s'étendent de longues plaines de roseaux, qui semblaient tachetées de bleuets; mais ces bleuets s'envolaient à tire d'ailes au bruit de la chaise : c'étaient des geais azurés, et leurs piaulements causaient plus de déplaisir aux oreilles que leurs chatoyantes couleurs ne causaient de plaisir aux yeux.

Le 29 août, dès l'aube, le seigneur Kéraban et ses compagnons, après une nuit sans incidents, arrivaient à Kherson, chef-lieu du gouvernement, dont la fondation est due à Potemkin. Les voyageurs ne purent que se féliciter de cette création de l'impérieux favori de Catherine II. Là, en effet, se trouvaient un bon hôtel, dans lequel ils firent halte pendant quelques heures, et des magasins suffisamment approvisionnés pour refaire les réserves comestibles de la chaise, — tâche dont Bruno,

infiniment plus débrouillard que Nizib, s'acquitta
à merveille.

Quelques heures plus tard, ils relayaient à l'importante bourgade d'Aleschki et se dirigeaient en
redescendant vers l'isthme de Pérékop, qui rattache la Crimée au littoral de la Russie méridionale.

Ahmet n'avait point négligé d'adresser à Odessa
une lettre datée de la bourgade d'Aleschki. Quand
ils eurent repris place dans la chaise, lorsque
l'attelage fut lancé à fond de train sur la route de
Pérékop, le seigneur Kéraban demanda à son neveu
s'il avait eu l'attention d'envoyer ses meilleurs
« allahs », en même temps que les siens, à son
ami Sélim.

« Oui, sans doute, je ne l'ai point oublié, mon
oncle, répondit Ahmet, et j'ai même ajouté que
nous faisions toute diligence pour atteindre Scutari
le plus tôt possible.

— Tu as bien fait, mon neveu, et il ne faudra
pas négliger de donner de nos nouvelles, toutes
les fois que nous aurons un bureau de poste à
notre disposition.

— Malheureusement, comme nous ne savons
jamais d'avance où nous nous arrêterons, fit obser-

ver Ahmet, nos lettres resteront toujours sans réponse!

— En effet, ajouta Van Mitten.

— Mais, à ce propos, dit Kéraban, en s'adressant à son ami de Rotterdam, il me semble que vous n'êtes pas très empressé de correspondre avec madame Van Mitten? Que pensera cette excellente femme de votre négligence à son égard?

— Madame Van Mitten?... répondit le Hollandais.

— Oui!

— Madame Van Mitten est, à coup sûr, une fort honnête dame! Comme femme, je n'ai jamais eu un seul reproche à lui adresser, mais, comme compagne de ma vie... Au fait, ami Kéraban, pourquoi parlons-nous de madame Van Mitten?

— Eh! parce que, autant qu'il m'en souvient, c'était une très aimable personne!

— Ah?... fit Van Mitten, comme si on lui eût appris une chose toute nouvelle pour lui.

— Ne t'en ai-je pas parlé dans les meilleurs termes, neveu Ahmet, lorsque je suis revenu de Rotterdam?

— En effet, mon oncle.

— Et pendant mon voyage, n'ai-je pas été particulièrement charmé de l'accueil qu'elle me fit?

— Ah?... répéta Van Mitten.

— Cependant, reprit Kéraban, elle avait bien parfois, j'en conviens, quelques idées singulières, des caprices... des vapeurs!... Mais cela est inhérent au caractère des femmes, et, si l'on ne peut leur passer cela, mieux vaut n'en jamais prendre! C'est précisément ce que j'ai fait.

— Et vous avez fait sagement, répondit Van Mitten.

— Elle aime toujours passionnément les tulipes, en vraie Hollandaise qu'elle est? demanda Kéraban.

— Passionnément.

— Voyons, Van Mitten, parlons avec franchise! Je vous trouve froid pour votre femme!

— Froid serait une expression encore trop chaude pour ce que j'éprouve à son égard!

— Vous dites?... s'écria Kéraban.

— Je dis, répondit le Hollandais, que je ne vous aurais peut-être jamais parlé de madame Van Mitten; mais, puisque vous m'en parlez, et puisque l'occasion s'en présente, je vais vous faire un aveu.

— Un aveu?

— Oui, ami Kéraban! Madame Van Mitten et moi, nous sommes présentement séparés!

— Séparés, s'écria Kéraban... d'un commun accord?...

— D'un commun accord!

— Et pour toujours?...

— Pour toujours!

— Contez-moi donc cela, à moins que l'émotion...

— L'émotion? répondit le Hollandais. Et pourquoi voulez-vous que je ressente de l'émotion?

— Alors, parlez, parlez, Van Mitten! reprit Kéraban. En ma qualité de Turc, j'aime les histoires, et en ma qualité de célibataire, j'adore surtout les histoires de ménage!

— Eh bien, ami Kéraban, reprit le Hollandais, du ton dont il eût conté les aventures d'un autre, depuis quelques années, la vie était devenue intolérable entre madame Van Mitten et moi. Discussions incessantes sur toutes choses, sur l'heure de se lever, sur l'heure de se coucher, sur l'heure des repas, sur ce qu'on mangerait, sur ce qu'on ne mangerait pas, sur ce qu'on boirait, sur ce qu'on ne boirait pas, sur le temps qu'il faisait, sur le temps qu'il allait faire, sur le temps qu'il avait fait, sur les meubles que l'on placerait ici ou que l'on placerait là, sur le feu qu'il fallait allumer dans une chambre plutôt que dans l'autre, sur la fenêtre qu'il convenait d'ouvrir, sur la porte qu'il convenait de fermer, sur les plantes que l'on planterait dans le jardin, sur celles qu'on arracherait, enfin....

— Enfin, ça allait bien! dit Kéraban.

— Comme vous voyez, mais ça allait surtout en empirant, parce qu'au fond, je suis d'un caractère doux, d'un tempérament docile, et que je cédais sur tout pour n'avoir de querelle sur rien!

— C'était peut-être le plus sage! dit Ahmet.

— C'était, au contraire, le moins sage! répondit Kéraban, prêt à soutenir une discussion sur ce sujet.

— Je n'en sais rien, reprit Van Mitten; mais, quoi qu'il en soit, dans notre dernière dispute, j'ai voulu résister... J'ai résisté, oui, comme un véritable Kéraban!

— Par Allah! cela n'est pas possible! s'écria l'oncle d'Ahmet, qui se connaissait bien.

— Plus qu'un Kéraban, ajouta Van Mitten!

— Mahomet me protège! répondit Kéraban. Mais prétendre que vous êtes plus entêté que moi!...

— C'est évidemment improbable! répondit Ahmet, avec un accent de conviction qui alla jusqu'au cœur de son oncle.

— Vous allez voir, reprit tranquillement Van Mitten, et...

— Nous ne verrons rien! s'écria Kéraban.

— Veuillez m'entendre jusqu'au bout. C'était à propos de tulipes, cette discussion qui s'éleva entre madame Van Mitten et moi, de ces belles tulipes d'amateurs, de ces *Genners*, qui montent droit sur leur tige, et dont il y a plus de cent variétés. Je n'en avais pas qui me coûtassent moins de mille florins l'oignon!

— Huit mille piastres, dit Kéraban, habitué à tout chiffrer en monnaie turque.

— Oui, huit mille piastres environ! répondit le Hollandais. Or, ne voilà-t-il pas que madame Van Mitten s'avise, un jour, de faire arracher une *Valentia* pour la remplacer par un *OEil de Soleil!* Cela passait les bornes! Je m'y oppose... Elle s'entête!... Je veux la saisir... Elle m'échappe!... Elle se précipite sur la *Valentia*... Elle l'arrache...

— Coût : huit mille piastres! dit Kéraban.

— Alors, reprit Van Mitten, je me jette à mon tour sur son *OEil de Soleil*, que j'écrase!

— Coût : seize mille piastres! dit Kéraban.

— Elle tombe sur une seconde *Valentia*... dit Van Mitten.

-- Coût : vingt-quatre mille piastres ! répondit Kéraban, comme s'il eût passé les écritures de son livre de caisse.

— Je lui réponds par un second *OEil de Soleil !*...

— Coût : trente-deux mille piastres.

— Et alors la bataille s'engage, reprit Van Mitten. Madame Van Mitten ne se possédait plus. Je reçois deux magnifiques « caïeux » du plus grand prix par la tête....

— Coût : quarante-huit mille piastres !

— Elle en reçoit trois autres en pleine poitrine !...

— Coût : soixante-douze mille piastres !

— C'était une véritable pluie d'oignons de tulipes, comme on n'en a peut-être jamais vu ! Cela a duré une demi-heure ! Tout le jardin y a passé, puis la serre après le jardin !... Il ne restait plus rien de ma collection !

— Et, finalement, ça vous a coûté ?... demanda Kéraban.

— Plus cher que si nous ne nous étions jetés que des injures à la tête, comme les économes héros d'Homère, soit environ vingt-cinq mille florins.

— Deux cent mille piastres[1] ! dit Kéraban.

1. Environ 50,000 francs.

— Mais je m'étais montré!

— Ça valait bien cela!

— Et là-dessus, reprit Van Mitten, je suis parti, après avoir donné des ordres pour réaliser ma part de fortune et la verser à la banque de Constantinople. Puis, j'ai fui Rotterdam avec mon fidèle Bruno, bien décidé à ne rentrer dans ma maison que lorsque madame Van Mitten l'aura quittée... pour un monde meilleur....

— Où il ne pousse pas de tulipes! dit Ahmet.

— Eh bien, ami Kéraban, reprit Van Mitten, avez-vous eu beaucoup d'entêtements qui vous aient coûté deux cent mille piastres?

— Moi? répondit Kéraban, légèrement piqué par cette observation de son ami.

— Mais certainement, dit Ahmet, mon oncle en a eu, et, pour ma part, j'en connais au moins un!

— Et lequel, s'il vous plaît? demanda le Hollandais.

— Mais cet entêtement qui le pousse, pour ne pas payer dix paras, à faire le tour de la mer Noire! Ça lui coûtera plus cher que votre averse de tulipes!

— Ça coûtera ce que ça coûtera! riposta le seigneur Kéraban, d'un ton sec, Mais je trouve que l'ami Van Mitten n'a pas payé sa liberté d'un trop haut prix! Voilà ce que c'est de n'avoir affaire qu'à une seule femme! Mahomet connaissait bien ce sexe enchanteur, quand il permettait à ses adeptes d'en prendre autant qu'ils le pouvaient!

— Certes! répondit Van Mitten. Je pense que dix femmes sont moins difficiles à gouverner qu'une seule!

— Et ce qui est moins difficile encore, ajouta Kéraban en manière de moralité, c'est pas de femme du tout! »

Sur cette observation, la conversation fut close.

La chaise arrivait alors à une maison de poste. On relaya, on courut toute la nuit. Le lendemain, à midi, les voyageurs, assez fatigués, mais sur les instances d'Ahmet, décidés à ne pas perdre une heure, après avoir passé par Bolschoi-Kopani et Kalantschak, arrivaient à la bourgade de Pérékop, au fond du golfe de ce nom, à l'amorce même de l'isthme qui rattache la Crimée à la Russie méridonale.

XIII

DANS LEQUEL ON TRAVERSE OBLIQUEMENT L'ANCIENNE TAURIDE, ET AVEC QUEL ATTELAGE ON EN SORT.

La Crimée! cette Chersonèse taurique des anciens, un quadrilatère, ou plutôt un losange irrégulier, qui semble avoir été enlevé au plus enchanteur des rivages de l'Italie, une presqu'île dont M. Ferdinand de Lesseps ferait une île en deux coups de canif, un coin de terre qui fut l'objectif de tous les peuples jaloux de se disputer l'empire d'Orient, un ancien royaume du Bosphore, que soumirent successivement les Héracléens, six cents ans avant l'ère chrétienne, puis, Mithridate, les Alains, les Goths, les Huns, les Hongrois, les Tartares, les Génois, une province enfin dont Mahomet II fit une riche dépendance de son empire, et que Catherine II rattacha définitivement à la Russie en 1791!

Comment cette contrée, bénie des dieux et disputée des mortels, eût-elle pu échapper à l'enlacement des légendes mythologiques? N'a-t-on pas voulu retrouver dans les marécages du Sivach des traces des gigantesques travaux de ce problématique peuple des Atlantes? Les poètes de l'antiquité n'ont-ils pas placé une entrée des Enfers près du cap Kerberian, dont les trois môles formaient le Cerbère aux trois têtes ? Iphigénie, la fille d'Agamemnon et de Clytemnestre, devenue prêtresse de Diane, en Tauride, ne fut-elle pas sur le point d'immoler à la chaste déesse son frère Oreste, jeté par les vents aux rivages du cap Parthenium ?

Et maintenant, la Crimée, dans sa partie méridionale, qui vaut plus à elle seule que toutes les arides îles de l'archipel, avec ce Tchadir-Dagh, qui montre à quinze cents mètres d'altitude sa table où l'on pourrait dresser un festin pour tous les dieux de l'Olympe, ses amphithéâtres de forêts, dont le manteau de verdure s'étend jusqu'à la mer, ses bouquets de marronniers sauvages, de cyprès, d'oliviers, d'arbres de Judée, d'amandiers, de cythises, ses cascades chantées par Pouschkine, n'est-elle point le plus beau joyau de cette cou-

ronne de provinces, qui s'étendent de la mer
Noire à la mer Arctique? N'est-ce pas sous ce
climat vivifiant et tempéré, que les Russes du
nord, aussi bien que les Russes du sud, viennent
chercher, les uns un refuge contre les âpretés
de l'hiver hyperboréen, les autres un abri contre
les desséchantes brises de l'été? N'est-ce pas là,
autour de ce cap Aïa, ce front de bélier, qui fait
tête aux flots du Pont-Euxin, à l'extrême pointe
sud de la Tauride, que se sont fondées ces colonies
de châteaux, de villas, de cottages, Yalta, Aloupka,
qui appartient au prince Woronsow, manoir féodal
à l'extérieur, rêve d'une imagination orientale à
l'intérieur, Kisil-Tasch, au comte Poniatowski,
Arteck, au prince André Galitzine, Marsanda,
Orcanda, Eriklik, propriétés impériales, Livadia,
palais admirable, avec ses sources vives, ses tor-
rents capricieux, ses jardins d'hiver, retraite favo-
rite de l'impératrice de toutes les Russies?

Il semble, en outre, que l'esprit le plus curieux,
le plus sentimental, le plus artiste, le plus roman-
tique, trouverait à satisfaire ses aspirations dans
ce coin de terre, — un vrai microcosme, dans
lequel l'Europe et l'Asie se donnent rendez-vous.
Là, sont réunis des villages tartares, des bour-

gades grecques, des villes orientales avec mosquées et minarets, muezzins et derviches, des monastères du rite russe, des seraïs de khans, des thébaïdes où sont venues s'ensevelir quelques romanesques aventures, des lieux saints vers lesquels rayonnent les pèlerinages, une montagne juive qui appartient à la tribu des Karaïtes, et une vallée de Josaphat, creusée comme une succursale de la célèbre vallée du Cédron, où des milliards de justiciables doivent se réunir au son des trompettes du jugement dernier.

Que de merveilles aurait eu à visiter Van Mitten! Que d'impressions à noter en ce pays où l'entraînait son étrange destinée! Mais son ami Kéraban ne voyageait pas pour voir, et Ahmet, qui, d'ailleurs, connaissait toutes ces splendeurs de la Crimée, ne lui eût pas accordé une heure pour en prendre un aperçu sommaire.

« Peut-être, après tout, peut-être, se disait Van Mitten, me sera-t-il possible, en passant, de saisir une légère impression de cette antique Chersonèse, si justement vantée? »

Il ne devait point en être ainsi. La chaise allait se lancer par le plus court, suivant une ligne oblique du nord au sud-ouest, sans atteindre ni le centre ni la côte méridionale de l'ancienne Tauride.

En effet, l'itinéraire tel qu'il suit avait été arrêté en un conseil, où le Hollandais n'avait pas eu même voix consultative. Si, en traversant la Crimée, on économisait le tour de la mer d'Azof, — qui eût allongé de cent cinquante lieues, au moins, ce voyage circulaire, — on gagnait encore une partie du parcours, en coupant droit de Pérékop sur la presqu'île de Kertsch. Puis, de l'autre côté du détroit d'Iénikalé, la presqu'île de Taman offrirait un passage régulier jusqu'au littoral caucasien.

La chaise roula donc sur l'étroit isthme, auquel la Crimée pend comme une magnifique orange à la branche d'un oranger. D'un côté, c'était la baie de Pérékop, de l'autre les marais de Sivach, plus connus sous le nom de mer Putride, vaste étang de deux milliards de mètres carrés, alimenté par les eaux de la Tauride et par les eaux de la mer d'Azof, auxquelles la coupure de Ghénitché sert de canal.

En passant, les voyageurs purent observer ce Sivach, qui n'a guère qu'un mètre de profondeur en moyenne, et dont le degré de salure est presque au point de saturation, en de certains endroits. Or, comme c'est dans ces conditions que le sel cristallisé commence à se déposer naturellement, on pourrait faire de cette mer Putride l'une des plus productives salines du globe.

Mais il faut le dire, à longer ce Sivach, il n'y a rien de bien agréable pour l'odorat. L'atmosphère s'y mélange d'une certaine quantité d'acide sulfhydrique, et les poissons, qui pénètrent dans ce lac, y trouvent presque aussitôt la mort. Ce serait donc là comme un équivalent du lac Asphaltite de la Palestine.

C'est au milieu de ces marais que se dessine le railway, qui descend d'Alexandroff à Sébastopol. Aussi, le seigneur Kéraban put-il entendre avec horreur les sifflets assourdissants que lançaient, dans la nuit, les locomotives hennissantes, en courant sur ces rails auxquels viennent se heurter parfois les lourdes eaux de la mer Putride.

Le lendemain, 31 août, pendant la journée, le chemin se déroula au milieu d'une campagne verdoyante. C'étaient des bouquets d'oliviers, dont les feuilles, en se retournant sous la brise, semblaient frétiller comme une pluie de vif-argent, des cyprès d'un vert qui touchait au noir, des chênes magnifiques, des arbousiers de haute taille. Partout, sur les coteaux, s'étageaient des lignes de ceps, qui produisent, sans trop d'infériorité, quelques crus des vignobles de France.

Cependant, sous l'instigation d'Ahmet, grâce à ces poignées de roubles qu'il prodiguait, les chevaux étaient toujours prêts à s'atteler à la chaise, et les postillons, stimulés, coupaient par le plus court. Le soir, on avait dépassé la bourgade de Dorte, et quelques lieues plus loin, on retrouvait les bords de la mer Putride.

En cet endroit, la curieuse lagune n'est séparée de la mer d'Azof que par une langue de sable peu élevée, faite d'un bourrelet de coquilles, dont la largeur moyenne peut être évaluée à un quart de lieue.

Cette langue s'appelle flèche d'Arabat. Elle s'étend depuis le village de ce nom, au sud, jusqu'à Ghénitché, au nord, — en terre ferme, — coupée seulement en cet endroit par une saignée de trois cents pieds, par laquelle entrent les eaux de la mer d'Azof, ainsi qu'il a été dit plus haut.

Avec le lever du jour, le seigneur Kéraban et ses compagnons furent entourés de vapeurs humides, épaisses, malsaines, qui se dissipèrent peu à peu sous l'action des rayons solaires.

La campagne était moins boisée, plus déserte

aussi. On y voyait paître en liberté des dromadaires de grande taille, — ce qui faisait de cette
contrée comme une annexe du désert arabique.
Les charrettes qui passaient, construites en bois,
sans un seul morceau de fer, assourdissaient l'air
en grinçant sur leurs essieux frottés de bitume.
Tout cet aspect est assez primitif; mais, dans les
maisons des villages, dans les fermes isolées, se
retrouve encore la générosité de l'hospitalité tar-
tare. Chacun peut y entrer, s'asseoir à la table du
maître, puiser aux plats qui y sont incessamment
servis, manger à sa faim, boire à sa soif, et s'en
aller avec un simple « merci » pour toute rétribution.

Il va sans dire que les voyageurs n'abusèrent
jamais de la simplicité de ces vieilles coutumes,
qui ne tarderont pas à disparaître. Ils laissèrent
toujours et partout, sous forme de roubles, des
marques suffisantes de leur passage. Le soir,
l'attelage, épuisé par une longue course, s'arrêtait
à la bourgade d'Arabat, à l'extrémité sud de la
flèche.

Là, sur le sable, s'élève une forteresse, au pied
de laquelle les maisons sont bâties pêle-mêle. Partout des massifs de fenouil, qui sont de véritables
réceptacles à couleuvres, et des champs de pastè-

ques, dont la récolte est extrêmement abondante.

Il était neuf heures du soir, lorsque la chaise fit halte devant une auberge d'assez mince apparence. Mais, il faut en convenir, c'était encore la meilleure de l'endroit. En ces régions perdues de la Chersonèse, il ne convenait pas de se montrer trop difficile.

« Neveu Ahmet, dit le seigneur Kéraban, voilà plusieurs nuits et plusieurs jours que nous courons sans stationner ailleurs qu'aux relais de poste. Or, je ne serais pas fâché de m'étendre quelques heures dans un lit, fut-ce même dans un lit d'auberge.

— Et moi, j'en serais enchanté, ajouta Van Mitten, en se redressant sur les reins.

— Quoi! perdre douze heures! s'écria Ahmet. Douze heures sur un voyage de six semaines!

— Veux-tu que nous entamions une discussion à ce sujet? demanda Kéraban, de ce ton quelque peu agressif qui lui allait si bien.

— Non, mon oncle, non! répondit Ahmet. Du moment que vous avez besoin de repos...

— Oui! j'en ai besoin, Van Mitten aussi, et Bruno, je suppose, et même Nizib, qui ne demandera pas mieux!

« — Seigneur Kéraban, répondit Bruno, directement interpellé, je regarde cette idée comme une des meilleures que vous ayez jamais eues, surtout si un bon souper nous prépare à bien dormir ! »

L'observation de Bruno venait très à propos. Les provisions de la chaise étaient presque épuisées. Ce qui en restait, dans les coffres, il importait de n'y point toucher, avant d'être arrivé à Kertsch, ville importante de la presqu'île de ce nom, où elles pourraient être abondamment renouvelées.

Malheureusement, si les lits de l'auberge d'Arabat étaient à peu près convenables, même pour des voyageurs de cette importance, l'office laissait à désirer. Ils ne sont pas nombreux, les touristes qui, n'importe à quelle époque de l'année, s'aventurent vers les extrêmes confins de la Tauride. Quelques marchands ou négociants sauniers, dont les chevaux ou les charrettes fréquentent la route de Kertsch à Pérékop, tels sont les principaux chalands de l'auberge d'Arabat, gens peu difficiles, sachant coucher à la dure et manger ce qui se rencontre.

Le seigneur Kéraban et ses compagnons durent donc se contenter d'un assez maigre menu, c'est à-dire un plat de pilaw, qui est toujours le mets national, mais avec plus de riz que de poulet et plus d'os de carcasse que de blancs d'ailes. En outre, ce volatile était si vieux, et, par suite, si dur, qu'il faillit résister à Kéraban lui-même; mais les solides molaires de l'entêté personnage eurent raison de sa coriacité, et, en cette circonstance, il ne céda pas plus que d'habitude.

A ce plat réglementaire succéda une véritable terrine de yaourtz ou lait caillé, qui arriva fort à propos pour faciliter la déglutition du pilaw; puis, apparurent des galettes assez appétissantes, connues sous le nom de katlamas dans le pays.

Bruno et Nizib furent un peu moins bien, ou un peu plus mal partagés, comme on voudra, que leurs maîtres. Certes, leurs mâchoires auraient eu raison du plus récalcitrant des poulets; mais ils n'eurent pas l'occasion de les exercer. Le pilaw fut remplacé sur leur table par une sorte de substance noirâtre, fumée comme une plaque de cheminée, après un long séjour au fond de l'âtre.

« Qu'est-ce que cela? demanda Bruno.

— Je ne saurais le dire, répliqua Nizib.

— Comment, vous qui êtes du pays?...

— Je ne suis pas du pays.

— A peu près, puisque vous êtes turc ! répondit
Bruno. Eh bien, mon camarade, goûtez un peu à
cette semelle desséchée, et vous me direz ce qu'il
faut en penser ! »

Et Nizib, toujours docile, mordit à belles dents
dans le morceau de ladite semelle.

« Eh bien ?... demanda Bruno.

— Eh bien, ça n'est pas bon, certes ! mais ça se
laisse manger tout de même !

— Oui, Nizib, quand on meurt de faim et qu'on
n'a pas autre chose à se mettre sous la dent ! »

Et Bruno y goûta à son tour, en homme décidé,
pour ne pas maigrir, à risquer le tout pour le tout.

En somme, cela pouvait passer, en l'aidant de
quelques verres d'une sorte de bière alcoolisée,
— ce que firent les deux convives.

Mais, soudain, Nizib de s'écrier :

« Eh ! Allah me vienne en aide !

— Qu'est-ce qui vous prend, Nizib ?

— Si ce que j'ai mangé là était du porc ?...

— Du porc ! répliqua Bruno. Ah ! c'est juste,
Nizib ! Un bon musulman comme vous ne peut
se nourrir de cet excellent mais immonde animal !
Eh bien ! il me semble que, si ce mets inconnue est

du porc, vous n'avez plus qu'une chose à faire !

— Et laquelle ?

— C'est de le digérer tout tranquillement, maintenant qu'il est mangé ! »

Cela ne laissait pas d'inquiéter Nizib, très observateur des lois du Prophète, et, comme il se sentait la conscience profondément troublée, Bruno dut aller aux informations près du maître de l'auberge.

Nizib fut alors rassuré et put laisser sa digestion s'accomplir sans aucun remords. Ce n'était même pas de la viande, c'était du poisson, du shebac, une sorte de Saint-Pierre, que l'on fend en deux comme une morue, que l'on sèche au soleil, que l'on fume, en le suspendant au-dessus de l'âtre, que l'on mange cru ou à peu près, et dont il se fait une exportation considérable pour tout le littoral du port de Rostow, situé au fond de la pointe nord-est de la mer d'Azof.

Maîtres et serviteurs durent donc se contenter de ce maigre souper de l'auberge d'Arabat. Les lits leur parurent plus durs que les coussins de la voiture ; mais, enfin, ils n'étaient point soumis aux cahoteuses secousses d'une route, ils ne remuaient pas, et le sommeil qu'ils trouvèrent dans ces chambres peu confortables, fut suffisant pour les remettre de leurs précédentes fatigues.

Le lendemain, 2 septembre, dès le soleil levant, Ahmet était sur pied, et s'occupait de chercher la maison de poste, pour y prendre des chevaux de relais. L'attelage de la veille, surmené par une étape, longue et dure, n'aurait pu se remettre en route, sans avoir pris au moins vingt-quatre heures de repos.

Ahmet comptait amener la chaise toute attelée à l'auberge, de manière que son oncle et Van Mitten n'eussent plus qu'à y monter pour suivre le chemin de la presqu'île de Kertsch.

La maison de poste était bien là, à l'extrémité du village, avec son toit agrémenté de ces crosses de bois qui ressemblent à des manches de contre-basse; mais, de chevaux frais, il n'y avait point apparence. L'écurie était vide et, même à prix d'or, le maître n'aurait pu en fournir.

Ahmet, très désappointé de ce contre-temps, revint donc à l'auberge. Le seigneur Kéraban, Van Mitten, Bruno et Nizib, prêts à partir, attendaient que la chaise arrivât. Déjà même, l'un d'eux, — il est inutile de le nommer, — commençait à donner de visibles signes d'impatience.

13

« Eh bien, Ahmet, s'écria-t-il, tu reviens seul? Faut-il donc que nous allions chercher la chaise au relais?

— Ce serait malheureusement inutile, mon oncle ! répondit Ahmet. Il n'y a plus un seul cheval !

— Pas de chevaux?... dit Kéraban.

— Et nous ne pourrons en avoir que demain !

— Que demain?...

— Oui ! C'est vingt-quatre heures à perdre !

— Vingt-quatre heures à perdre ! s'écria Kéraban, mais j'entends ne pas en perdre dix, pas même cinq, pas même une !

— Cependant, fit observer le Hollandais à son ami, qui se montait déjà, s'il n'y a pas de chevaux?...

— Il y en aura ! » répondit le seigneur Kéraban.

Et sur un signe, tous le suivirent.

Un quart d'heure plus tard, ils atteignaient le relais et s'arrêtaient devant la porte.

Le maître de poste se tenait sur le seuil, dans la nonchalante attitude d'un homme qui sait parfaitement qu'on ne pourra l'obliger à donner ce qu'il n'a pas.

« Vous n'avez plus de chevaux? demanda Kéraban, d'un ton peu accommodant déjà.

— Je n'ai que ceux qui vous ont amenés hier soir, répondit le maître de poste, et ils ne peuvent marcher.

— Eh pourquoi, s'il vous plaît, n'avez-vous pas de chevaux frais dans vos écuries?

— Parce qu'ils ont été pris par un seigneur turc, qui se rend à Kertsch, d'où il doit gagner Poti, après avoir traversé le Caucase.

— Un seigneur turc, s'écria Kéraban! Un de ces Ottomans à la mode européenne, sans doute! Vraiment! ils ne se contentent pas de vous embarrasser dans les rues de Constantinople, il faut encore qu'on les rencontre sur les routes de la Crimée!

— Et quel est-il?

— Je sais qu'il se nomme le seigneur Saffar, voilà tout, répondit tranquillement le maître de poste.

— Eh bien, pourquoi vous êtes-vous permis de donner ce qui vous restait de chevaux à ce seigneur Saffar? demanda Kéraban, avec l'accent du plus parfait mépris.

— Parce que ce voyageur est arrivé au relais, hier matin, douze heures avant vous, et que, les chevaux étant disponibles, je n'avais aucune raison pour les lui refuser.

— Il y en avait, au contraire!...

— Il y en avait?... répéta le maître de poste.

— Sans doute, puisque je devais arriver! »

Que peut-on répondre à des arguments de cette valeur? Van Mitten voulut intervenir: il en fut pour une bourrade de son ami. Quant au maître de poste, après avoir regardé le seigneur Kéraban d'un air goguenard, il allait rentrer dans sa maison, lorsque celui-ci l'arrêta, en disant :

« Peu importe, après tout! Que vous ayez des chevaux ou non, il faut que nous partions à l'instant!

— A l'instant?... répondit le maître de poste. Je vous répète que je n'ai pas de chevaux.

— Trouvez-en!

— Il n'y en a pas à Arabat.

— Trouvez-en deux, trouvez-en un, répondit Kéraban, qui commençait à ne plus se posséder, trouvez-en la moitié d'un..., mais trouvez-en!

— Cependant, s'il n'y en a pas?... crut devoir répéter doucement le conciliant Van Mitten.

— Il faut qu'il y en ait!

— Peut-être pourriez-vous nous procurer un attelage de mules ou mulets? demanda Ahmet au maître de poste.

— Soit! des mules ou des mulets! ajouta le seigneur Kéraban. Nous nous en contenterons!

— Je n'ai jamais vu ni mules ni mulets dans la province! répondit le maître de poste.

— Eh bien, il en voit un aujourd'hui, murmura Bruno à l'oreille de son maître, en désignant Kéraban, et un fameux!

— Des ânes alors?... dit Ahmet.

— Pas plus d'ânes que de mulets!

— Pas plus d'ânes!... s'écria le seigneur Kéraban. Ah çà! vous moquez-vous de moi, monsieur le maître de poste! Comment, pas d'ânes dans le pays! Pas de quoi faire un attelage, quel qu'il soit? Pas de quoi relayer une voiture? »

Et l'obstiné personnage, en parlant ainsi, jetait des regards courroucés, à droite et à gauche, sur une douzaine d'indigènes, qui s'étaient assemblés à la porte du relais.

« Il serait capable de les faire atteler à sa chaise! dit Bruno.

Oui!... eux ou nous! » répondit Nizib, en homme qui connaissait bien son maître.

Cependant, puisqu'il n'y avait ni chevaux, ni mulets, ni ânes, il devenait évident qu'on ne pourrait partir. Donc, nécessité de se résigner à un retard de vingt-quatre heures. Ahmet, que cela contrariait autant que son oncle, allait pourtant essayer de lui faire entendre raison en présence de cette impossibilité absolue, lorsque le seigneur Kéraban de s'écrier :

« Cent roubles à qui me procurera un attelage! »

Un certain frémissement courut parmi les indigènes d'Arabat. L'un d'eux s'avança résolument.

« Seigneur Turc, dit-il, j'ai deux dromadaires à vendre!

— Je les achète! » répondit Kéraban.

Atteler des dromadaires à une chaise de poste, cela ne s'était jamais vu. Cela se vit cette fois.

En moins d'une heure le marché fut conclu, et pour un bon prix. Peu importait! Le seigneur Kéraban en eût payé le double. Les deux bêtes furent donc harnachées tant bien que mal, attelées aux brancards, et, sous la promesse d'un pourboire exceptionnel, leur ex-propriétaire, transformé en postillon, se campa en avant de la bosse de l'un de ces ruminants; puis, la chaise, au grand ébahissement de la population d'Arabat, mais à l'extrême satisfaction des voyageurs, descendit la route de Kertsch au trot allongé de son étrange attelage.

Le soir, on arrivait sans encombre au village d'Argin, à douze lieues d'Arabat.

Pas de chevaux au relais, et toujours, par suite du passage du seigneur Saffar. Il fallut se résoudre à coucher à Argin, afin de donner quelque repos aux dromadaires.

Le lendemain matin, 3 septembre, la chaise repartait dans les mêmes conditions, franchissant dans la journée la distance qui sépare Argin du village de Marienthal, soit dix-sept lieues, y passait la nuit, le quittait dès l'aube, et, dans la soirée, après une étape de douze lieues, arrivait à Kertsch, sans accidents, mais non sans rudes secousses, dues aux coups de colliers de ces robustes bêtes, mal dressées à ce genre de service.

En somme, le seigneur Kéraban et ses compagnons, partis depuis le 17 août, après dix-neuf jours de marche, avaient accompli les trois septièmes de leur voyage, — trois cents lieues environ sur sept cents. Ils étaient donc dans une bonne moyenne, et, s'ils s'y maintenaient pendant vingt-six jours encore, jusqu'au 30 septembre courant, ils devaient avoir achevé le tour de la mer Noire dans les délais voulus.

« Et pourtant, répétait souvent Bruno à son

maître, j'ai le pressentiment que cela finira mal !

— Pour mon ami Kéraban ?

— Pour votre ami Kéraban... ou pour ceux qui l'accompagnent !

XIV

DANS LEQUEL LE SEIGNEUR KÉRABAN SE MONTRE PLUS FORT EN GÉOGRAPHIE QUE NE LE CROYAIT SON NEVEU AHMET.

La ville de Kertsch est située sur la presqu'île qui porte son nom, à l'extrémité orientale de la Tauride. Elle est assise en croissant sur la côte nord de cette langue de terre. Un mont, sur lequel s'élevait autrefois l'acropole, la domine majestueusement. C'est le mont Mithridate. Le nom de ce terrible et implacable ennemi des Romains, qui faillit les chasser de l'Asie, ce général audacieux, ce polyglotte émérite, ce toxicologue légendaire, a justement sa place au front d'une cité qui fut la capitale du royaume du Bosphore. C'est là que ce roi de Pont, ce terrible Eupator, se fit percer de l'épée d'un soldat gaulois, après avoir vainement tenté d'empoisonner ce corps de fer, qu'il avait habitué aux poisons.

13.

Tel fut le petit cours d'histoire que Van Mitten, pendant une demi-heure de halte, crut devoir faire à ses compagnons. Ce qui lui attira cette réponse de son ami Kéraban :

« Mithridate n'était qu'un maladroit!

— Et pourquoi? demanda Van Mitten.

— S'il voulait s'empoisonner sérieusement, il n'avait qu'à aller dîner à notre auberge d'Arabat! »

Là-dessus, le Hollandais ne crut pas devoir continuer l'éloge de l'époux de la belle Monime ; mais il se promit bien de visiter sa capitale, pendant les quelques heures qui lui seraient laissées.

La chaise traversa la ville, avec son singulier équipage, pour la plus grande surprise d'une population hybride, composée de juifs en très grand nombre, de Tatars, de Grecs et même de Russes, — en tout une douzaine de mille habitants.

Le premier soin d'Ahmet, en arrivant à l'*Hôtel Constantin*, fut de s'enquérir s'il pourrait se procurer des chevaux pour le lendemain matin. A son extrême satisfaction, ils ne manquaient point, cette fois, aux écuries de la maison de poste.

« Il est heureux, fit observer Kéraban, que le seigneur Saffar n'ait pas tout pris à ce relais! »

Mais le peu endurant oncle d'Ahmet n'en garda

pas moins une vive rancune à l'égard de cet importun, qui se permettait de le devancer sur les routes et de lui prendre ses chevaux.

En tout cas, comme il n'avait plus l'emploi des dromadaires, il les revendit à un chef de caravane, qui partait pour le détroit d'Iénikalé; mais il ne les vendit vivants que pour la prix qu'on les eût achetés morts. De là, une perte assez sensible que le rancunier Kéraban porta, *in petto*, au passif du seigneur Saffar.

Il va sans dire que ce Saffar n'était point à Kertsch, — ce qui lui évita sans doute une discussion des plus sérieuses avec son concurrent. Depuis deux jours, il avait quitté la ville, pour prendre le chemin du Caucase. Circonstance heureuse, puisqu'il ne précéderait plus des voyageurs décidés à suivre la route du littoral.

Un bon souper à l'*Hôtel Constantin*, une bonne nuit dans des chambres assez confortables, firent oublier les ennuis passés aux maîtres aussi bien qu'aux serviteurs. Aussi, une lettre, adressée par Ahmet à Odessa, put-elle dire que le voyage s'accomplissait régulièrement.

Comme le départ n'avait été décidé pour le lendemain, 5 septembre, qu'à dix heures du ma-

tin, le consciencieux Van Mitten se leva en même
temps que le soleil, afin de visiter la ville. Il
trouva, cette fois, Ahmet prêt à l'accompagner.

Tous deux s'en allèrent donc à travers les larges
rues de Kertsch, bordées de trottoirs dallés, où
fourmillaient des chiens vagabonds, qu'un bohé-
mien, exécuteur patenté de ces basses œuvres,
est chargé d'assommer à coups de bâton. Mais,
sans doute, le bourreau avait passé une partie de
la nuit à boire, car Ahmet et le Hollandais eurent
quelque peine à échapper aux crocs de ces dange-
reuses bêtes.

Le quai de pierre, construit sur la mer, au fond
de la baie formée par un retour de la côte, qui
se prolonge jusqu'aux rives du détroit, leur permit
de se promener plus aisément. Là s'élèvent le
palais du gouverneur et la maison de la douane.
Un peu au large, par suite du manque d'eau, sont
mouillés les navires, auxquels le port de Kertsch
offre un bon ancrage, non loin du lazaret. Ce port
est devenu assez commerçant, depuis la cession
de la ville à la Russie en 1774, et on y trouve un
vaste entrepôt de ce sel que fournissent les salines
de Pérékop.

« Avons-nous le temps de monter là? dit Van

Mitten, en désignant le mont Mithridate, sur lequel se dresse actuellement un temple grec, enrichi des dépouilles de ces tumuli, si nombreux dans la province de Kertsch, — temple qui a remplacé l'antique acropole.

— Hum! fit Ahmet, il ne faudrait pas risquer de faire attendre l'oncle Kéraban!

— Ni son neveu! répondit en souriant Van Mitten.

— Il est bien vrai, reprit Ahmet, que pendant tout ce voyage, je ne songe guère qu'à notre prochain retour à Scutari! — Vous me comprenez, monsieur Van Mitten?

— Oui..., je comprends, mon jeune ami, répondit le Hollandais, et pourtant le mari de madame Van Mitten aurait bien le droit de ne pas vous comprendre! »

Sur cette réflexion, trop justifiée par les épreuves du ménage de Rotterdam, tous deux commencèrent à gravir le mont Mithridate, ayant encore deux heures devant eux avant le départ.

De ce point élevé, une vue magnifique s'étend sur la baie de Kertsch. Dans le sud se dessine l'angle extrême de la presqu'île. Vers l'est s'arrondissent les deux langues de terre qui entourent

la baie de Taman, au delà du détroit d'Iénikalé.
Le ciel, assez pur, permettait d'apercevoir alors les
divers accidents de la contrée, et ces khourghans,
ou tombeaux anciens, dont la campagne est cou-
verte jusqu'en ses moindres collines de corallites.

Lorsque Ahmet jugea que le moment était venu
de regagner l'hôtel, il montra à Van Mitten un
escalier monumental, orné de balustres, qui descend du mont Mithridate à la ville et aboutit à la
place du marché. Un quart d'heure plus tard, tous
deux rejoignaient le seigneur Kéraban, lequel essayait vainement de discuter avec son hôte, un
Tatar des plus placides. Il était temps d'arriver,
car il eût fini par se fâcher en ne trouvant point
l'occasion de se mettre en colère.

La chaise était là, attelée de bons chevaux
d'origine persane, dont il se fait un important
commerce à Kertsch. Chacun reprit sa place, et
on partit au galop d'un attelage qui ne fit point
regretter le trot fatigant des dromadaires.

Ahmet n'était pas sans éprouver une certaine
inquiétude en approchant du détroit. On se rap-
pelle, en effet, ce qui s'était passé, lorsque l'itinéraire fut modifié à Kherson. Sur les instances de
son neveu, le seigneur Kéraban avait consenti à

ne point faire le tour de la mer d'Azof, afin de couper au plus court par la Crimée. Mais, ce faisant, il devait penser que la terre ferme ne lui manquerait en aucun point du parcours. Il se trompait, et Ahmet n'avait rien fait pour dissiper son erreur.

On peut être un très bon Turc, un excellent négociant en tabacs, et ne pas connaître à fond la géographie. L'oncle d'Ahmet devait probablement ignorer que l'écoulement de la mer d'Azof dans la mer Noire se fait par un large sund, cet antique Bosphore cimmérien, qui porte le nom de détroit d'Iénikalé, et que, par conséquent, il lui faudrait forcément traverser ce détroit, entre la presqu'île de Kertsch et la presqu'île de Taman.

Or, le seigneur Kéraban avait pour la mer une répugnance que son neveu connaissait de longue date. Que dirait-il donc, lorsqu'il se trouverait en face de cette passe, si, à cause des courants ou du peu de profondeur des eaux, il fallait la franchir dans sa plus grande largeur, qui peut être estimée à vingt milles? Et s'il refusait obstinément de s'y aventurer? Et s'il prétendait remonter toute la côte orientale de la Crimée pour suivre le littoral de la mer d'Azof jusqu'aux premiers contreforts du Caucase? Quelle prolongation de voyage! Que de temps perdu! Que d'intérêts compromis! Comment serait-on à Scutari pour la date du 30 septembre?

Voilà quelles réflexions se faisait Ahmet, pendant que la chaise roulait à travers la presqu'île. Avant deux heures, elle aurait atteint le détroit, et l'oncle saurait à quoi s'en tenir. Convenait-il, dès à présent, de le préparer à cette grave éventualité? Mais, alors, que d'adresse à déployer pour que la conversation ne dégénérât pas en discussion, et de discussion en dispute! Si le seigneur Kéraban s'entêtait, rien ne le ferait démordre de son idée, et, bon gré, mal gré, il obligerait la chaise de poste à reprendre le chemin de Kertsch.

Ahmet ne savait donc à quel parti s'arrêter. S'il avouait sa ruse, il risquait de mettre son oncle hors de lui! Ne vaudrait-il pas mieux, dût-il passer lui-même pour un ignorant, feindre la plus parfaite surprise, en trouvant un détroit là où l'on croyait trouver la terre ferme?

« Qu'Allah me vienne en aide! » se dit Ahmet.

Et il attendit avec résignation que le Dieu des musulmans voulût bien le tirer d'affaire.

La presqu'île de Kertsch est divisée par une longue tranchée, faite aux temps antiques, qu'on appelle le rempart d'Akos. La route, qui la suit en partie, est assez bonne depuis la ville jusqu'au lazaret; puis, elle devient difficile et glissante, en descendant les pentes vers le littoral.

L'attelage ne put donc marcher très rapidement pendant la matinée, — ce qui permit à Van Mitten de prendre un aperçu plus complet de cette portion de la Chersonèse.

En somme, c'était la steppe russe, dans toute sa nudité. Quelques caravanes la traversaient et venaient chercher abri le long du rempart d'Akos, campant avec tout le pittoresque d'une halte orientale. D'innombrables khourghans couvraient la campagne et lui donnaient l'aspect peu récréatif d'un immense cimetière. C'étaient autant de tombeaux que les antiquaires avaient fouillés jusque dans leurs profondeurs, et dont les richesses, vases étrusques, pierres de cénotaphes, bijoux anciens, ornent maintenant les murs du temple et les salles du musée de Kertsch.

Vers midi, apparut à l'horizon une grosse tour carrée, flanquée de quatre tourelles : c'était le fort qui s'élève au nord de la bourgade d'Iénikalé.

Dans le sud, à l'extrémité de la baie de Kertsch, se dessinait le cap Au-Bouroum, dominant le littoral de la mer Noire. Puis, le détroit s'ouvrait avec les deux pointes, qui forment le liman ou baie de Taman. Au lointain, les premiers profils du Caucase, sur la côte asiatique, faisaient comme un cadre gigantesque au Bosphore cimmérien.

Il est bien certain que ce détroit ressemblait à un bras de mer, à ce point que Van Mitten, qui connaissait les antipathies de son ami Kéraban, regarda Ahmet d'un air très étonné.

Ahmet lui fit signe de se taire. Très heureusement, l'oncle sommeillait alors, et ne voyait rien des eaux de la mer Noire et de la mer d'Azof, qui se confondent dans ce sund, dont la partie la plus étroite mesure de cinq à six milles de large.

« Diable! » se dit Van Mitten.

Il était vraiment fâcheux que le seigneur Kéraban ne fût pas né quelque cent ans plus tard! Si son voyage s'était fait à cette époque, Ahmet n'aurait pas eu sujet d'être inquiet, comme il l'était en ce moment.

En effet, ce détroit tend à s'ensabler, et finira, avec l'agglomération des sables coquilliers, par ne plus être qu'un étroit chenal à courant rapide. Si, il y a cent cinquante ans, les vaisseaux de Pierre le Grand avaient pu le franchir pour aller assiéger Azof, maintenant, les bâtiments de commerce sont forcés d'attendre que les eaux, refoulées par les vents du sud, leur donnent une profondeur de dix à douze pieds.

Mais on était en l'an 1882 et non en l'an 2000, et il fallait accepter les conditions hydrographiques telles qu'elles se présentaient.

Cependant, la chaise avait descendu les pentes, qui aboutissent à Iénikalé, faisant partir d'assourdissantes volées d'outardes, remisées dans les grandes herbes. Elle s'arrêta à la principale auberge de la bourgade, et le seigneur Kéraban se réveilla.

« Nous sommes au relais? demanda-t-il.

— Oui ! au relais d'Iénikalé, » répondit simplement Ahmet.

Tous mirent pied à terre et entrèrent dans l'auberge, pendant que la voiture regagnait la maison de poste. De là, elle devait se rendre au quai d'embarquement, où se trouve le bac, destiné au transport des voyageurs à pied, à cheval, en charrette, et même au passage des caravanes qui vont d'Europe en Asie ou d'Asie en Europe.

Iénikalé est une bourgade où se fait un lucratif commerce de sel, de caviar, de suif, de laine. Les pêcheries d'esturgeons et de turbots occupent une partie de sa population, qui est presque entièrement grecque. Les marins s'adonnent au petit cabotage du détroit et du littoral voisin sur de légères embarcations, gréées de deux voiles latines. Iénikalé se trouve dans une importante situation stratégique, — ce qui explique pourquoi les Russes l'ont fortifiée, après l'avoir enlevée aux Turcs en 1771. C'est une des portes de la mer Noire, qui, sur ce point, a deux clefs de sûreté : la clef d'Iénikalé, d'un côté, la clef de Taman, de l'autre.

Après une demi-heure de halte, le seigneur Kéraban donna à ses compagnons le signal du départ, et ils se dirigèrent vers le quai où les attendait le bac.

Tout d'abord, les regards de Kéraban se portèrent à droite, à gauche, et une exclamation lui échappa.

« Qu'avez-vous, mon oncle? demanda Ahmet, qui ne se sentait point à l'aise.

— C'est une rivière, cela? dit Kéraban, en montrant le détroit.

— Une rivière, en effet! répondit Ahmet, qui crut devoir laisser son oncle dans l'erreur.

— Une rivière!... » s'écria Bruno.

Un signe de son maître lui fit comprendre qu'il devait ne pas insister sur ce point.

« Mais non! C'est un... » dit Nizib.

Il ne put achever. Un violent coup de coude de son camarade Bruno lui coupa la parole, au moment où il allait qualifier, comme elle le méritait, cette disposition hydrographique.

Cependant, le seigneur Kéraban regardait toujours cette rivière, qui lui barrait la route.

« Elle est large! dit-il.

— En effet... assez large... par suite de quelque crue, probablement! répondit Ahmet.

— Crue... due à la fonte des neiges! ajouta Van Mitten, pour appuyer son jeune ami.

— La fonte des neiges... au mois de septembre? dit Kéraban, en se retournant vers le Hollandais.

— Sans doute... la fonte des neiges... des vieilles neiges... les neiges du Caucase! répondit Van Mitten, qui ne savait plus trop ce qu'il disait.

— Mais je ne vois pas de pont qui permette de franchir cette rivière? reprit Kéraban.

— En effet, mon oncle, il n'y en a plus! répondit Ahmet, en se faisant une longue-vue de ses deux mains à demi fermées, comme pour mieux apercevoir le prétendu pont de la prétendue rivière.

— Cependant, il devrait y avoir un pont... dit Van Mitten. Mon guide mentionne l'existence d'un pont...

— Ah! votre guide mentionne l'existence d'un pont?... répliqua Kéraban, qui, fronçant les sourcils, regardait en face son ami Van Mitten.

— Oui... ce fameux pont... dit en balbutiant le Hollandais... Vous savez bien... le Pont-Euxin... *Pontus Axenos* des anciens...

— Tellement ancien, répliqua Kéraban, dont les paroles sifflaient entre ses lèvres à demi serrées, qu'il n'aura pu résister à la crue produite par la fonte des neiges... des vieilles neiges...

— Du Caucase! » put ajouter Van Mitten, mais il était à bout d'imagination.

Ahmet se tenait un peu à l'écart. Il ne savait plus que répondre à son oncle, ne voulant pas provoquer une discussion qui aurait évidemment mal tourné.

« Eh bien, mon neveu, dit Kéraban d'un ton sec, comment ferons-nous pour passer cette rivière, puisqu'il n'y a pas ou puisqu'il n'y a plus de pont?

— Oh! nous trouverons bien un gué! dit négligemment Ahmet. Il y a si peu d'eau!...

— A peine de quoi se mouiller les talons !... ajoute le Hollandais, qui certainement aurait mieux fait de se taire.

— Eh bien, Van Mitten, s'écria Kéraban, retroussez votre pantalon, entrez dans cette rivière, et nous vous suivons !

— Mais... je...

— Allons !... retroussez !... retroussez ! »

Le fidèle Bruno crut devoir intervenir pour tirer son maître de cette mauvaise passe.

« C'est inutile, seigneur Kéraban, dit-il. Nous passerons sans nous mouiller les pieds. Il y a un bac.

— Ah ! il y a un bac? répondit Kéraban. Il est vraiment heureux qu'on ait songé à installer un bac sur cette rivière... pour remplacer le pont emporté... ce fameux Pont-Euxin !... Pourquoi ne pas avoir dit plus tôt qu'il y avait un bac? — Et où est-il, ce bac ?

— Le voici, mon oncle, répondit Ahmet, en montrant le bac amarré au quai. Notre voiture est déjà dedans !

— Vraiment! Notre voiture est déjà...?

— Oui! tout attelée!

— Tout attelée? — Et qui a donné l'ordre ?

« — Personne, mon oncle! répondit Ahmet. Le maître de poste l'y a conduite lui-même... comme il fait toujours...

— Depuis qu'il n'y a plus de pont, n'est-ce pas?

— D'ailleurs, mon oncle, il n'y avait pas d'autre moyen de continuer notre voyage!

— Il y en avait un autre, neveu Ahmet! Il y avait à revenir sur ses pas et à faire le tour de la mer d'Azof par le nord!

— Deux cents lieues de plus, mon oncle! Et mon mariage? Et la date du trente? Avez-vous donc oublié le trente?...

— Point! mon neveu, et avant cette date, je saurai bien être de retour! Partons! »

Ahmet eut un instant d'émotion bien vive. Son oncle allait-il mettre à exécution ce projet insensé de revenir sur ses pas à travers la presqu'île? Allait-il, au contraire, prendre place dans le bac et traverser le détroit d'Iénikalé?

Le seigneur Kéraban s'était dirigé vers le bac. Van Mitten, Ahmet, Nizib et Bruno le suivaient, ne voulant donner aucun prétexte à la violente discussion qui menaçait d'éclater.

Kéraban, pendant une longue minute, s'arrêta sur le quai à regarder autour de lui.

Ses compagnons s'arrêtèrent.

Kéraban entra dans le bac.

Ses compagnons y entrèrent à sa suite.

Kéraban monta dans la chaise de poste.

Les autres y montèrent à sa suite.

Puis le bac fut démarré, il déborda, et le courant le porta vers la côte opposée.

Kéraban ne parlait pas, et chacun imitait son silence.

Les eaux étaient heureusement fort calmes, et les bateliers n'eurent aucune peine à diriger leur bac, tantôt au moyen de longues gaffes, tantôt avec de larges pelles, suivant les exigences du fond.

Cependant, il y eut un moment où l'on put craindre que quelque accident se produisît.

En effet, un léger courant, détourné par la flèche sud de la baie de Taman, avait saisi obliquement le bac. Au lieu d'atterrir à cette pointe, il fut menacé d'être entraîné jusqu'au fond de la baie. Ç'eût été cinq lieues à franchir au lieu d'une, et le seigneur Kéraban, dont l'impatience se manifestait visiblement, allait peut-être donner l'ordre de revenir en arrière.

Mais les bateliers, auxquels Ahmet, avant l'embarquement, avait dit quelques mots, — le mot rouble plusieurs fois répété, — manœuvrèrent si adroitement, qu'ils se rendirent maîtres du bac.

Aussi, une heure après avoir quitté le quai d'Iénikalé, voyageurs, chevaux et voiture accostaient-ils l'extrémité de cette flèche méridionale, qui prend en russe le nom de Ioujnaïa-Kossa.

La chaise débarqua sans difficulté, et les mariniers reçurent un nombre respectable de roubles.

Autrefois, la flèche formait deux îles et une presqu'île, c'est-à-dire qu'elle était coupée en deux endroits par un chenal, et il eût été impossible de la traverser en voiture. Mais ces coupures sont comblées maintenant. Aussi, l'attelage put-il enlever d'un trait les quatres verstes qui séparent la pointe de la bourgade de Taman.

Une heure après, il faisait son entrée dans cette bourgade, et le seigneur Kéraban se contentait de dire, en regardant son neveu :

« Décidément, les eaux de la mer d'Azof et les eaux de la mer Noire ne font pas trop mauvais ménage dans le détroit d'Iénikalé ! »

Et ce fut tout, et plus jamais il ne fut question ni de la rivière du neveu Ahmet, ni du Pont-Euxin de l'ami Van Mitten.

XV

DANS LEQUEL LE SEIGNEUR KÉRABAN, AHMET,
VAN MITTEN ET LEURS SERVITEURS JOUENT LE RÔLE
DE SALAMANDRES.

Taman n'est qu'une bourgade d'un aspect assez triste avec ses maisons peu confortables, ses chaumes décolorés par l'action du temps, son église de bois, dont le clocher est incessamment enveloppé dans un épais tournoiement de faucons.

La chaise ne fit que traverser Taman. Van Mitten ne put donc visiter ni le poste militaire, qui est important, ni la forteresse de Phanagorie, ni les ruines de Tmoutarakan.

Si Kertsch est grecque par sa population et ses coutumes, Taman, elle, est cosaque. De là, un contraste que le Hollandais ne put observer qu'au passage.

La chaise, prenant invariablement par les routes les plus courtes, suivit, pendant une heure, le littoral sud de la baie de Taman. Ce fut assez pour que les voyageurs pussent reconnaître que c'était là un extraordinaire pays de chasse, —tel qu'il ne s'en rencontre peut-être pas de pareil en aucun autre point du globe.

En effet, pélicans, cormorans, grèbes, sans compter des bandes d'outardes, se remisaient dans ces marécages en quantités vraiment incroyables.

« Je n'ai jamais tant vu de gibier d'eau! fit justement observer Van Mitten. On pourrait tirer un coup de fusil au hasard sur ces marais! Pas un grain de plomb ne serait perdu! »

Cette observation du Hollandais n'amena aucune discussion. Le seigneur Kéraban n'était point chasseur, et, en vérité, Ahmet songeait à tout autre chose.

Il n'y eut un commencement de contestation qu'à propos d'une volée de canards que l'attelage fit partir, au moment où il laissait le littoral sur la gauche pour obliquer vers le sud-est.

« En voilà une compagnie! s'écria Van Mitten. Il y a même là tout un régiment!

— Un régiment? Vous voulez dire une armée! répliqua Kéraban, qui haussa les épaules.

— Ma foi, vous avez raison! reprit Van Mitten. Il y a bien là cent mille canards!

— Cent mille canards! s'écria Kéraban. Si vous disiez deux cent mille?

— Oh! deux cent mille!

— Je dirais même trois cent mille, Van Mitten, que je serais encore au-dessous de la vérité!

— Vous avez raison, ami Kéraban, » répondit prudemment le Hollandais, qui ne voulut pas exciter son compagnon à lui jeter un million de canards à la tête.

Mais, en somme, c'était lui qui disait vrai. Cent mille canards, c'est déjà une belle passée, mais il n'y en avait pas moins dans ce prodigieux nuage de volatiles qui promena une immense ombre sur la baie en se développant devant le soleil.

Le temps était assez beau, la route suffisamment carrossable. L'attelage marcha rapidement, et les chevaux des divers relais ne se firent point attendre. Il n'y avait plus de seigneur Saffar, devançant les voyageurs sur le chemin de la presqu'île.

Il va sans dire que la nuit qui venait, on la passerait tout entière à courir vers les premiers contreforts du Caucase, dont la masse apparaissait

14.

confusément à l'horizon. Puisque la nuitée avait été complète à l'hôtel de Kertsch, c'était bien le moins que personne ne songeât à quitter la chaise avant trente-six heures.

Cependant, vers le soir, à l'heure du souper, les voyageurs s'arrêtèrent devant un des relais, qui était en même temps une auberge. Ils ne savaient trop ce que seraient les ressources du littoral caucasien, et si l'on trouverait aisément à s'y nourrir. Donc, c'était prudence que d'économiser les provisions faites à Kertsch.

L'auberge était médiocre, mais les vivres n'y manquaient pas. A ce sujet, il n'y eut point à se plaindre.

Seulement, détail caractéristique, l'hôtelier, soit défiance naturelle, soit habitude du pays, voulut faire tout payer au fur et à mesure de la consommation.

Ainsi, lorsqu'il apporta du pain :

« C'est dix kopeks [1] » dit-il.

Et Ahmet dut donner dix kopeks.

Et, lorsque les œufs furent servis :

« C'est quatre-vingts kopeks! »

1. Le kopek est une monnaie de cuivre qui vaut quatre centimes.

Et Ahmet dut payer les quatre-vingts kopeks demandés.

Pour le kwass, tant! pour les canards, tant! pour le sel, oui! pour le sel, tant!

Et Ahmet de s'exécuter.

Il n'y eut pas jusqu'à la nappe, jusqu'aux serviettes, jusqu'aux bancs qu'il fallut régler séparément et d'avance, même les couteaux, les verres, les cuillers, les fourchettes, les assiettes.

On le comprend, cela ne pouvait tarder à agacer le seigneur Kéraban, si bien qu'il finit par acheter en bloc les divers ustensiles nécessaires à son souper, mais non sans de vives objurgations, que l'hôtelier reçut, d'ailleurs, avec une impassibilité qui eût fait honneur à Van Mitten.

Puis, le repas acheté, Kéraban retrocéda ces objets, qui lui furent repris avec cinquante pour cent de perte.

« Il est encore heureux qu'il ne vous fasse pas payer la digestion! dit-il. Quel homme! Il serait digne d'être ministre des finances de l'empire ottoman! En voilà un qui saurait taxer chaque coup de rames des caïques du Bosphore! »

Mais, on avait assez convenablement soupé, c'était l'important, ainsi que le fit observer Bruno, et l'on partit, lorsque la nuit était déjà faite, — une nuit sombre et sans lune.

C'est une impression toute particulière, mais qui n'est pas sans charme, que de se sentir emporté au trot soutenu d'un attelage, au milieu d'une obscurité profonde, à travers un pays inconnu, où les villages sont très éloignés les uns des autres, les rares fermes disséminées dans la steppe à de grandes distances. Le grelot des chevaux, le cadencement irrégulier de leurs sabots sur le sol, le grincement des roues à la surface des terrains sablonneux, leur choc aux ornières de chemins fréquemment ravinés par les pluies, les claquements de fouet du postillon, les lueurs des lanternes, qui se perdent dans l'ombre, lorsque la route est plane, ou s'accrochent vivement aux arbres, aux blocs de pierre, aux poteaux indicateurs, dressés sur les remblais de la chaussée, tout cela constitue un ensemble de bruits divers et de visions rapides, auxquels peu de voyageurs sont insensibles. On les entend, ces bruits, on les voit, ces visions, à travers une demi-somnolence, qui leur prête un éclat quelque peu fantastique.

Le seigneur Kéraban et ses compagnons ne pouvaient échapper à ce sentiment, dont l'intensité est par instant très grande. A travers les vitres antérieures du coupé, les yeux à demi fermés, ils regardaient les grandes ombres de l'attelage, ombres capricieuses, démesurées, mouvantes, qui se développaient en avant sur la route vaguement éclairée.

Il devait être environ onze heures du soir, quand un bruit singulier les tira de leur rêverie. C'était une sorte de sifflement, comparable à celui que produit l'eau de Seltz en s'échappant de la bouteille, mais décuplé. On eût dit plutôt que quelque chaudière laissait échapper sa vapeur comprimée par son tuyau de vidange.

L'attelage s'était arrêté. Le postillon éprouvait de la peine à maîtriser ses chevaux. Ahmet, voulant savoir à quoi s'en tenir, baissa rapidement les vitres et se pencha au dehors.

« Qu'y a-t-il donc? Pourquoi ne marchons-nous plus? demanda-t-il. D'où vient ce bruit?

— Ce sont les volcans de boue, répondit le postillon.

— Des volcans de boue? s'écria Kéraban. Qui a jamais entendu parler de volcans de boue? En vérité, c'est une plaisante route que tu nous as fait prendre là, neveu Ahmet!

« — Seigneur Kéraban, vous et vos compagnons, vous feriez bien de descendre, dit alors le postillon.

— Descendre! descendre!

— Oui!... Je vous engage à suivre la chaise à pied, pendant que nous traverserons cette région, car je ne suis pas maître de mes chevaux, et ils pourraient s'emporter.

— Allons, dit Ahmet, cet homme a raison. Il faut descendre.

— Ce sont cinq ou six verstes à faire, ajouta le postillon, peut être huit, mais pas plus!

— Vous décidez-vous, mon oncle? reprit Ahmet.

— Descendons, ami Kéraban, dit Van Mitten. Des volcans de boue?... Il faut voir ce que cela peut être! »

Le seigneur Kéraban se décida, non sans protester. Tous mirent pied à terre; puis, marchant derrière la chaise qui n'avançait qu'au pas, ils la suivirent à la lueur des lanternes.

La nuit était extrêmement sombre. Si le Hollandais espérait voir, si peu que ce fût, des phénomènes naturels signalés par le postillon, il se trompait; mais, quant à ces sifflements singuliers qui emplissaient parfois l'air d'une rumeur assourdissante, il eût été difficile de ne pas les entendre, à moins d'être sourd

En somme, s'il avait fait jour, voici ce qu'on aurait vu : une steppe boursouflée, sur une grande étendue, de petits cônes d'éruption, semblables à ces fourmilières énormes qui se rencontrent en certaines parties de l'Afrique équatoriale. De ces cônes s'échappent des sources gazeuses et bitumineuses, effectivement désignées sous le nom de « volcans de boue », bien que l'action volcanique n'intervienne en aucune façon dans la production du phénomène. C'est uniquement un mélange de vase, de gypse, de calcaire, de pyrite, de pétrole même, qui, sous la poussée du gaz hydrogène carboné, parfois phosphoré, s'échappe avec une certaine violence. Ces tumescences qui s'élèvent peu à peu, se découronnent pour laisser fuir la matière éruptive, et s'affaissent ensuite, quand ces terrains tertiaires de la presqu'île se sont vidés dans un espace de temps plus ou moins long.

Le gaz hydrogène, qui se produit dans ces conditions, est dû à la décomposition lente mais permanente du pétrole, mélangé à ces diverses substances. Les parois rocheuses, dans lesquelles il est renfermé, finissent par se briser sous l'action des eaux, eaux de pluie ou eaux de sources, dont les infiltrations sont continues. Alors, l'épanchement se fait, ainsi qu'on l'a très bien dit, à la manière d'une bouteille emplie d'un liquide mousseux, que l'élasticité du gaz vide complètement.

Ces cônes de déjections s'ouvrent en grand nombre à la surface de la presqu'île de Taman. On les rencontre aussi sur les terrains semblables de la presqu'île de Kertsch, mais non dans le voisinage de la route suivie par la chaise de poste, — ce qui explique pourquoi les voyageurs n'en avaient rien aperçu.

Cependant, ils passaient entre ces grosses loupes, empanachées de vapeurs, au milieu de ces jaillissements de boue liquide, dont le postillon leur avait tant bien que mal expliqué la nature. Ils en étaient si rapprochés parfois, qu'ils recevaient en plein visage ces souffles de gaz, d'une odeur caractéristique, comme s'ils se fussent échappés du gazomètre d'une usine.

« Eh, dit Van Mitten, en reconnaissant la présence du gaz d'éclairage, voilà un chemin qui n'est pas sans danger ! Pourvu qu'il ne se produise pas quelque explosion.

— Mais vous avez raison, répondit Ahmet. Il faudrait, par précaution, éteindre... »

L'observation que faisait Ahmet, le postillon, habitué à traverser cette région, se l'était faite aussi, sans doute, car les lanternes de la chaise s'éteignirent soudain.

« Attention à ne pas fumer, vous autres! dit Ahmet, en s'adressant à Bruno et à Nizib.

— Soyez tranquille, seigneur Ahmet! répondit Bruno. Nous ne tenons point à sauter!

— Comment, s'écria Kéraban, voilà maintenant qu'il n'est pas permis de fumer ici?

— Non, mon oncle, répondit vivement Ahmet, non..., pendant quelques verstes du moins!

— Pas même une cigarette? ajouta l'entêté, qui roulait déjà entre ses doigts une bonne pincée de tombéki avec l'adresse d'un vieux fumeur.

— Plus tard, ami Kéraban, plus tard... dans notre intérêt à tous! dit Van Mitten. Il serait aussi dangereux de fumer sur cette steppe qu'au milieu d'une poudrière.

— Joli pays! murmura Kéraban. Je serais bien étonné si les marchands de tabac y faisaient fortune! Allons, neveu Ahmet, quitte à se retarder de quelques jours, mieux eût valu contourner la mer d'Azof! »

Ahmet ne répondit rien. Il ne voulait point re-

15

commencer une discussion à ce sujet. Son oncle, tout grommelant, remit la pincée de tombéki dans sa poche, et ils continuèrent à suivre la chaise, dont la masse informe se dessinait à peine au milieu de cette profonde obscurité.

Il importait donc de ne marcher qu'avec une extrême précaution, afin d'éviter les chutes. La route, ravinée par places, n'était pas sûre au pied. Elle montait légèrement en gagnant vers l'est. Heureusement, à travers cette atmosphère embru-mée, il n'y avait pas un souffle de vent. Aussi, les vapeurs s'élevaient-elles droit dans l'air, au lieu de se rabattre sur les voyageurs, — ce qui les eût fort incommodés.

On alla ainsi pendant une demi-heure environ, à très petits pas. En avant, les chevaux hennis-saient et se cabraient toujours. Le postillon avait peine à les tenir. Les essieux de la chaise criaient, orsque les roues glissaient dans quelque ornière; mais elle était solide, on le sait, et avait déjà fait ses preuves dans les marécages du bas Danube.

Un quart d'heure encore, et la région des cônes d'éruption serait certainement franchie.

Tout à coup, une vive lueur se produisit sur le côté gauche de la route. Un des cônes venait de s'allumer et projetait une flamme intense. La steppe en fut éclairée dans le rayon d'une verste.

« On fume donc! » s'écria Ahmet, qui marchait un peu en avant de ses compagnons et recula précipitamment.

Personne ne fumait.

Soudain, les cris du postillon se firent entendre en avant. Les claquements de son fouet s'y joignirent. Il ne pouvait plus maîtriser son attelage. Les chevaux épouvantés s'emportèrent, la chaise fut entraînée avec une extrême vitesse.

Tous s'étaient arrêtés. La steppe présentait, au milieu de cette nuit sombre, un aspect terrifiant.

En effet, les flammes, développées par le cône, venaient de se communiquer aux cônes voisins. Ils faisaient explosion les uns après les autres, éclatant avec violence, comme les batteries d'un feu d'artifice, dont les jets de feu s'entre-croisent.

Maintenant, une immense illumination emplissait la plaine. Sous cet éclat apparaissaient des centaines de grosses verrues ignivomes, dont le gaz brûlait au milieu des déjections de matières liquides, les uns avec la lueur sinistre du pétrole, les autres diversement colorés par la présence du soufre blanc, des pyrites ou du carbonate de fer.

En même temps, des grondements sourds couraient à travers les marnes du sol. La terre allait-elle donc s'entr'ouvrir et se changer en un cratère sous la poussée d'un trop-plein de matières éruptives?

Il y avait là un danger imminent. Instinctivement, le seigneur Kéraban et ses compagnons s'étaient écartés les uns des autres, afin de diminuer les chances d'un engloutissement commun. Mais il ne fallait pas s'arrêter. Il fallait marcher rapidement. Il importait de traverser au plus vite cette zone dangereuse. La route, bien éclairée, semblait être praticable. Tout en sinuant au milieu des cônes, elle traversait cette steppe en feu.

« En avant! en avant! » criait Ahmet.

On ne lui répondait pas, mais on lui obéissait. Chacun s'élançait dans la direction de la chaise de poste, qu'on ne pouvait plus apercevoir. Au delà de l'horizon, il semblait que l'obscurité de la nuit se refaisait sur cette partie de la steppe... Là était donc la limite de cette région des cônes qu'il fallait dépasser.

Tout à coup, une plus vive explosion éclata sur la route même. Un jet de feu avait jailli d'une énorme loupe, qui venait de boursoufler le sol en un instant.

Kéraban fut renversé, et on put l'apercevoir se débattant à travers la flamme. C'en était fait de lui, s'il ne parvenait pas à se relever...

D'un bond, Ahmet se précipita au secours de son oncle. Il le saisit, avant que les gaz enflammés n'eussent pu l'atteindre. Il l'entraîna à demi suffoqué par les émanations de l'hydrogène.

« Mon oncle!... mon oncle! » s'écriait-il.

Et tous, Van Mitten, Bruno, Nizib, après l'avoir porté sur le bord d'un talus, essayèrent de rendre un peu d'air à ses poumons.

Enfin, un « brum! brum! » vigoureux et de bon augure se fit entendre. La poitrine du solide Kéraban commença à s'abaisser et à se soulever par intervalles précipités, en chassant les gaz délétères qui l'emplissaient. Puis il respira longuement, il revint au sentiment, à la vie, et ses premières paroles furent celles-ci :

« Oseras-tu encore me soutenir, Ahmet, qu'il ne valait pas mieux faire le tour de la mer d'Azof?

— Vous avez raison, mon oncle!

— Comme toujours, mon neveu, comme toujours! »

Le seigneur Kéraban avait à peine achevé sa phrase, qu'une profonde obscurité remplaçait l'intense lueur dont s'était illuminée toute la steppe. Les cônes s'étaient éteints subitement et simultanément. On eût dit que la main d'un machiniste venait de fermer le compteur d'un théâtre. Tout redevint noir, et d'autant plus noir que les yeux conservaient encore sur leur rétine l'impression de cette violente lumière, dont la source s'était instantanément tarie.

Que s'était-il donc passé? Pourquoi ces cônes avaient-ils pris feu, puisque aucune lumière n'avait été approchée de leur cratère?

En voici l'explication probable : sous l'influence d'un gaz qui brûle de lui-même au contact de l'air, il s'était produit un phénomène identique à celui qui incendia les environs de Taman en 1840. Ce gaz, c'est l'hydrogène phosphoré, dû à la présence de produits phosphatés, provenant des cadavres d'animaux marins enfouis dans ces couches marneuses. Il s'enflamme et communique le feu à l'hydrogène carboné, qui n'est autre chose que le gaz d'éclairage. Donc, à tout instant, sous l'influence peut-être de certaines conditions climatériques, ces phénomènes d'ignition spontanée peuvent se produire, sans que rien les puisse faire prévoir.

A ce point de vue, les routes des presqu'îles de Kertsch et de Taman présentent donc des dangers sérieux, auxquels il est difficile de parer, puisqu'ils peuvent être subits.

Le seigneur Kéraban n'avait donc pas tort, quand il disait que n'importe quelle autre route eût été préférable à celle que les impatiences d'Ahmet lui avaient fait suivre.

Mais enfin, tous avaient échappé au péril, — l'oncle et le neveu, un peu roussis sans doute, leurs compagnons, sans même avoir eu la plus légère brûlure.

A trois verstes de là, le postillon, maître de ses chevaux, s'était arrêté. Aussitôt les flammes éteintes, il avait rallumé les lanternes de la chaise, et, guidés par cette lueur, les voyageurs purent la rejoindre sans danger, sinon sans fatigue.

Chacun reprit sa place. On repartit, et la nuit s'acheva tranquillement. Mais Van Mitten devait conserver un émouvant souvenir de ce spectacle. Il n'eût pas été plus émerveillé, si les hasards de sa vie l'eussent conduit dans ces régions de la Nouvelle-Zélande, au moment où s'enflamment les sources étagées sur l'amphithéâtre de ses collines éruptives.

Le lendemain, 6 septembre, à dix-huit lieues de Taman, la chaise, après avoir contourné la baie de Kisiltasch, traversait la bourgade d'Anapa, et le soir, vers huit heures, elle s'arrêtait à la bourgade de Rajewskaja, sur la limite de la région caucasienne.

XVI

OU IL EST QUESTION DE L'EXCELLENCE DES TABACS DE LA PERSE ET DE L'ASIE MINEURE.

Le Caucase est cette partie de la Russie méridionale, faite de hautes montagnes et de plateaux immenses, dont le système orographique se dessine à peu près de l'ouest à l'est, sur une longueur de trois cent cinquante kilomètres. Au nord s'étendent le pays des Cosaques du Don, le gouvernement de Stavropol, avec les steppes des Kalmouks et des Nogaïs nomades ; au sud, les gouvernements de Tiflis, capitale de la Géorgie, de Koutaïs, de Bakou, d'Élisabethpol, d'Érivan, plus les provinces de la Mingrélie, de l'Imérétbie, de l'Abkasie, du Gouriel. A l'ouest du Caucase, c'est la mer Noire ; à l'est, c'est la mer Caspienne.

Toute la contrée, située au sud de la principale chaîne du Caucase, se nomme aussi la Transcaucasie, et n'a d'autres frontières que celles de la

Turquie et de la Perse, au point de contact de ce mont Ararat où, suivant la Bible, l'arche de Noé vint atterrir après le déluge.

Les tribus diverses sont nombreuses, qui habitent ou parcourent cette importante région. Elles appartiennent aux races kaztevel, arménienne, tscherkesse, tschetschène, lesghienne. Au nord, il y a des Kalmouks, des Nogaïs, des Tatars de race mongole; au sud, il y a des Tatars de race turque, des Kurdes et des Cosaques.

S'il faut en croire les savants les plus compétents en pareille matière, c'est de cette contrée demi-européenne, demi-asiatique, que serait sortie la race blanche, qui peuple aujourd'hui l'Asie et l'Europe. Aussi lui ont-ils donné le nom de « race caucasienne ».

Trois grandes routes russes traversent cette énorme barrière, que dominent les cimes du Chat-Elbrouz à quatre mille mètres, du Kazbek à quatre mille huit cents, — altitude du mont Blanc, — de l'Elbrouz à cinq mille six cents mètres.

La première de ces routes, d'une double importance stratégique et commerciale, va de Taman à Poti, le long du littoral de la mer Noire; la deuxième, de Mosdok à Tiflis, en passant par le col du Darial ; la troisième, de Kizliar à Bakou, par Derbend.

Il va sans dire que, de ces trois routes, le seigneur Kéraban, d'accord avec son neveu Ahmet, devait prendre la première. A quoi bon s'engager dans le dédale du groupe caucasien, s'exposer à des difficultés, et par suite à des retards ? Un chemin s'ouvre jusqu'au port de Poti, et ni bourgades ni villages ne manquent sur le littoral est de la mer Noire.

Il y avait bien le railway de Rostow à Vladi-Caucase, puis celui de Tiflis à Poti, qu'il eût été possible d'utiliser successivement, puisque une distance de cent verstes à peine sépare leurs deux lignes ; mais Ahmet évita sagement de proposer ce mode de locomotion, auquel son oncle avait fait un trop mauvais accueil, lorsqu'il fut question des chemins de fer de la Tauride et de la Chersonèse.

Tout étant bien convenu, la chaise de poste, l'indestructible chaise, à laquelle on fit seulement quelques réparations peu importantes, quitta la bourgade de Rajewskaja, dès le matin du 7 septembre, et se lança sur la route du littoral.

Ahmet était résolu à marcher avec la plus

grande rapidité. Vingt-quatre jours lui restaient
encore pour achever son itinéraire, pour atteindre
Scutari à la date fixée. Sur ce point, son oncle
était d'accord avec lui. Sans doute, Van Mitten eût
préféré voyager à son aise, recueillir des impressions plus durables, n'être point tenu d'arriver à
un jour près ; mais on ne consultait pas Van Mitten.
C'était un convive, pas autre chose, qui avait accepté de dîner chez son ami Kéraban. Eh bien,
on le conduisait à Scutari. Qu'aurait-il pu vouloir
de plus ?

Cependant, Bruno, par acquit de conscience,
au moment de s'aventurer dans la Russie caucasienne, avait cru devoir lui faire quelques observations. Le Hollandais, après l'avoir écouté, lui
demanda de conclure.

« Eh bien, mon maître, dit Bruno, pourquoi ne
pas laisser le seigneur Kéraban et le seigneur
Ahmet courir tous les deux, sans repos ni trêve,
le long de cette mer Noire ?

— Les quitter, Bruno ? avait répondu Van Mitten.

— Les quitter, oui, mon maître, les quitter,
après leur avoir souhaité bon voyage !

— Et rester ici ?...

— Oui, rester ici, afin de visiter tranquillement le Caucase, puisque notre mauvaise étoile nous y a conduits ! Après tout, nous serons, aussi bien là qu'à Constantinople, à l'abri des revendications de madame Van...

— Ne prononce pas ce nom, Bruno !

— Je ne le prononcerai pas, mon maître, pour ne point vous être désagréable ! Mais, c'est à elle, en somme, que nous devons d'être embarqués dans une pareille aventure ! Courir jour et nuit en chaise de poste, risquer de s'embourber dans les marécages ou de se rôtir dans des provinces en combustion, franchement, c'est trop, c'est beaucoup trop ! Je vous propose donc, non point de discuter cela avec le seigneur Kéraban, — vous n'aurez pas le dessus ! — mais de le laisser partir en le prévenant, par un petit mot bien aimable, que vous le retrouverez à Constantinople, quand il vous plaira d'y retourner !

— Ce ne serait pas convenable, répondit Van Mitten.

— Ce serait prudent, répliqua Bruno.

— Tu te trouves donc bien à plaindre ?

— Très à plaindre, et d'ailleurs, je ne sais si vous vous en apercevez, mais je commence à maigrir !

— Pas trop, Bruno, pas trop !

— Si ! je le sens bien, et, à continuer un pareil régime, j'arriverai bientôt à l'état de squelette!

— T'es-tu pesé, Bruno?

— J'ai voulu me peser à Kertsch, répondit Bruno, mais je n'ai trouvé qu'un pèse-lettre...

— Et cela n'a pu suffire?... répondit en riant Van Mitten.

— Non, mon maître, répondit gravement Bruno, mais avant peu, cela suffira pour peser votre serviteur! — Voyons! laissons-nous le seigneur Kéraban continuer sa route? »

Certes, cette manière de voyager ne pouvait plaire à Van Mitten, brave homme d'un tempérament rassis, jamais pressé en rien. Mais la pensée de désobliger son ami Kéraban, en l'abandonnant, lui eût été si désagréable qu'il refusa de se rendre.

« Non, Bruno, non, dit-il, je suis son invité...

— Un invité, s'écria Bruno, un invité qu'on oblige à faire sept cents lieues au lieu d'une !

— N'importe!

— Permettez-moi de vous dire que vous avez tort, mon maître! répliqua Bruno. Je vous le répète pour la dixième fois! Nous ne sommes pas au bout de nos misères, et j'ai comme un pressentiment que vous, plus que nous peut-être, vous en aurez votre bonne part! »

Les pressentiments de Bruno se réaliseraient-ils? L'avenir devait l'apprendre. Quoi qu'il en soit, à prévenir son maître, il avait rempli son devoir de serviteur dévoué, et, puisque Van Mitten était résolu à continuer ce voyage, aussi absurde que fatigant, il n'avait plus qu'à le suivre.

Cette route littorale longe presque invariablement les contours de la mer Noire. Si elle s'en éloigne quelquefois, pour éviter un obstacle du terrain ou desservir quelque bourgade en arrière, ce n'est jamais que de quelques verstes au plus. Les dernières ramifications de la chaîne du Caucase, qui court alors presque parallèlement à la côte, viennent mourir à la lisière de ces rivages peu fréquentés. A l'horizon, dans l'est, se dessine, comme une arête à dents inégales qui mordent le ciel, cette cime éternellement neigeuse.

A une heure de l'après-midi, on commença à contourner la petite baie de Zèmes, à sept lieues de Rajewskaja, de manière à gagner, huit lieues plus loin, le village de Gélendschik.

Ces bourgades, on le voit, sont peu éloignées les unes des autres.

Sur le littoral des districts de la mer Noire, on en compte à peu près une à cette moyenne distance ; mais, en dehors de ces ensembles de maisons, pas plus importants quelquefois qu'un village ou un hameau, le pays est à peu près désert, et le commerce se fait plutôt par les caboteurs de la côte.

Cette bande de terre, entre le pied de la chaîne et la mer, est d'un aspect plaisant. Le sol y est boisé. Ce sont des groupes de chênes, de tilleuls, de noyers, de châtaigniers, de platanes, que les capricieux sarments de la vigne sauvage enguirlandent comme les lianes d'une forêt tropicale. Partout, rossignols et fauvettes s'échappent en gazouillant de champs d'azélias, que la seule nature a semés sur ces terrains fertiles.

Vers midi, les voyageurs rencontrèrent tout un clan de Kalmouks nomades, de ceux qui sont divisés en oulousses, comprenant plusieurs khotonnes. Ces khotonnes sont de véritables villages ambulants, composés d'un certain nombre de kibitkas ou tentes, qui vont se planter çà et là, tantôt dans la steppe, tantôt dans les vallées verdoyantes, tantôt sur le bord des cours d'eau, au gré des chefs. On sait que ces Kalmouks sont d'origine mongole. Ils étaient fort nombreux autrefois dans la région caucasienne; mais les exigences de l'administration russe, pour ne pas dire ses vexations, ont provoqué une forte émigration vers l'Asie.

Les Kalmouks ont gardé des mœurs à part et un costume spécial. Van Mitten put noter, sur ses tablettes, que les hommes portaient un large pantalon, des bottes de maroquin, une khalate, sorte de douillette très ample, et un bonnet carré qu'entoure une bande d'étoffe, fourrée de peau de mouton. Pour les femmes, c'est à peu de chose près le même habillement, moins la ceinture, plus un bonnet, d'où sortent des tresses de cheveux agrémentées de rubans de couleur. Quant aux enfants, ils vont presque nus, et, l'hiver, pour se réchauffer, ils se blottissent dans l'âtre de la kibitka et dorment sous la cendre chaude.

Petits de taille, mais robustes, excellents cavaliers, vifs, adroits, alertes, vivant d'un peu de bouillie de farine cuite à l'eau avec des morceaux de viande de cheval, mais ivrognes endurcis, voleurs émérites, ignorants au point de ne savoir lire, superstitieux à l'excès, joueurs incorrigibles, tels sont ces nomades qui courent incessamment

les steppes du Caucase. La chaise de poste traversa un de leurs khotonnes, sans presque attirer
leur attention. A peine se dérangèrent-ils pour regarder ces voyageurs, dont l'un, tout au moins,
les observait avec intérêt. Peut-être jetèrent-ils
des regards d'envie à ce rapide attelage qui galo-
pait sur la route. Mais, heureusement pour le
seigneur Kéraban, ils s'en tinrent là. Les chevaux
purent donc arriver au prochain relais, sans avoir
échangé le box de leur écurie pour le piquet d'un
campement kalmouk.

La chaise, après avoir contourné la baie de
Zèmes, trouva une route étroitement resserrée
entre les premiers contreforts de la chaîne et le
littoral; mais, au delà, cette route s'élargissait
sensiblement et devenait plus aisément praticable.

A huit heures du soir, la bourgade de Gélendschik était atteinte. On y relayait, on y soupait
sommairement, on en repartait à neuf heures,
on courait toute la nuit sous un ciel parfois nuageux, parfois étoilé, au bruit du ressac d'une côte
battue par les mauvais temps d'équinoxe, on atteignait le lendemain, à sept heures du matin, la
bourgade de Beregowaja, à midi, la bourgade de
Dschuba, à six heures du soir, la bourgade de Ten-

ginsk, à minuit la bourgade de Nebugsk, le lendemain, à huit heures, la bourgade de Golowinsk, à
onze heures la bourgade de Lachowsk, et, deux
heures après, la bourgade de Ducha.

Ahmet aurait eu mauvaise grâce à se plaindre. Le
voyage s'accomplissait sans accidents,—ce qui lui
agréait fort, mais sans incidents,—ce qui ne laissait
pas de contrarier Van Mitten. Ses tablettes ne se
surchargeaient, en effet, que de fastidieux noms
géographiques. Pas un aperçu nouveau, pas une
impression digne de fixer le souvenir!

A Ducha, la chaise dut stationner deux heures,
pendant que le maître de poste allait quérir ses
chevaux, envoyés au pâturage.

« Eh bien, dit Kéraban, dînons aussi confortablement et aussi longuement que le comportent
les circonstances.

— Oui, dînons, répondit Van Mitten.

— Et dînons bien, si c'est possible! murmura
Bruno, en regardant son ventre amaigri.

— Peut-être cette halte, reprit le Hollandais,
nous donnera-t-elle un peu de l'imprévu qui manque à notre voyage! Je pense que mon jeune ami
Ahmet nous permettra de respirer?...

— Jusqu'à l'arrivée des chevaux, répondit Ahmet.

Nous sommes déjà au neuvième jour du mois!

— Voilà une réponse comme je les aime! répliqua Kéraban. Voyons ce qu'il y a à l'office! »

C'était une assez médiocre auberge, que l'auberge de Ducha, bâtie sur le bords de la petite rivière de Mdsymta, qui coule torrentiellement des contreforts du voisinage.

Cette bourgade ressemblait beaucoup à ces villages cosaques, qui portent le nom de stamisti, avec palissade et portes que surmonte une tourelle carrée, où veille nuit et jour quelque sentinelle. Les maisons, à hauts toits de chaume, aux murs de bois emplâtrés de glaise, abritées sous l'ombrage de beaux arbres, logent une population, sinon aisée, du moins au-dessus de l'indigence.

Du reste, les Cosaques ont presque entièrement perdu leur originalité native à ce contact incessant avec les ruraux de la Russie orientale. Mais ils sont restés braves, alertes, vigilants, gardiens excellents des lignes militaires confiées à leur surveillance, et passent avec raison pour les premiers cavaliers du monde, aussi bien dans les chasses qu'ils donnent aux montagnards dont la rébellion est à l'état chronique, que dans les joutes ou tournois où ils se montrent écuyers émérites.

Ces indigènes sont d'une belle race, reconnaissable à son élégance, à la beauté de ses formes, mais non à son costume, qui se confond avec celui du montagnard caucasien. Cependant, sous le haut bonnet fourré, il est encore facile de retrouver ces faces énergiques qu'une épaisse barbe recouvre jusqu'aux pommettes.

Lorsque le seigneur Kéraban, Ahmet et Van Mitten s'assirent à la table de l'auberge, on leur servit un repas dont les éléments avaient été pris au doukhan voisin, sorte d'échoppe où le charcutier, le boucher, l'épicier, se confondent le plus souvent en un seul et même industriel. Il y avait un dindon rôti, un de ces gâteaux de farine de maïs piqués de languettes d'un fromage de buffle, qui portent le nom de gatschapouri, l'inévitable plat national, le blini, sorte de crêpe au lait acide; puis, pour boisson, quelques bouteilles d'une bière épaisse, et des flacons de vadka, eau-de-vie très forte, dont les Russes font une incroyable consommation.

Franchement, on ne pouvait exiger mieux dans l'auberge d'une petite bourgade perdue sur les extrêmes confins de la mer Noire, et, l'appétit aidant, les convives firent honneur à ce repas qui variait l'ordinaire de leurs provisions de voyage.

Le diner achevé, Ahmet quitta la table, pendant que Bruno et Nizib prenaient largement leur part du dindon rôti et des crêpes nationales. Suivant son habitude, il allait lui-même au relais de poste, afin de presser l'arrivée de l'attelage, bien décidé à décupler, s'il le fallait, les cinq kopeks par verste et par cheval que les règlements accordent aux maîtres de poste, sans parler du pourboire des postillons.

En l'attendant, le seigneur Kéraban et son ami Van Mitten vinrent s'établir dans une sorte de gloriette verdoyante, dont la rivière baignait en grondant les pilotis moussus.

C'était ou jamais l'occasion de s'abandonner aux douceurs de ce farniente, de cette rêverie délicieuse, à laquelle les Orientaux donnent le nom de kief.

En outre, le fonctionnement des narghilés s'imposait de lui-même, comme complément d'un repas si digne d'être convenablement digéré. Aussi, les deux ustensiles furent-ils retirés de la chaise et apportés aux fumeurs, qui s'accordaient si bien sur les douceurs de ce passe-temps, auquel ils devaient leur fortune.

Le fourneau des narghilés fut aussitôt empli de tabac; mais il va sans dire que, si le seigneur Kéraban fit bourrer le sien de tombéki d'origine persane, suivant son invariable coutume, Van Mitten s'en tint à son ordinaire, qui était du latakié de l'Asie Mineure.

Puis, les fourneaux furent allumés; les fumeurs s'étendirent sur un banc, l'un près de l'autre; le long serpenteau, entouré de fil d'or et terminé par un bouquin d'ambre de la Baltique, trouva place entre les lèvres des deux amis.

Bientôt l'atmosphère fut saturée de cette fumée odorante, qui n'arrivait à la bouche qu'après avoir été délicatement rafraîchie par l'eau limpide du narghilé.

Pendant quelques instants, le seigneur Kéraban et Van Mitten, tout à cette infinie jouissance que procure le narghilé, bien préférable au chibouk, au cigare ou à la cigarette, demeurèrent silencieux, les yeux à demi fermés, et comme appuyés sur les volutes de vapeurs qui leur faisaient un édredon aérien.

« Ah! voilà qui est de la volupté pure! dit enfin le seigneur Kéraban, et je ne sais rien de mieux, pour passer une heure, que cette causerie intime avec son narghilé!

— Causerie sans discussion! répondit Van Mitten, et qui n'en est que plus agréable!

— Aussi, reprit Kéraban, le gouvernement turc a-t-il été fort mal avisé, comme toujours, en frappant le tabac d'un impôt qui en a décuplé le prix! C'est grâce à cette sotte idée que l'usage du narghilé tend peu à peu à disparaître et disparaîtra un jour!

— Ce serait regrettable, en effet, ami Kéraban!

— Quant à moi, ami Van Mitten, j'ai pour le tabac une telle prédilection, que j'aimerais mieux mourir que d'y renoncer. Oui! mourir! Et si j'avais vécu au temps d'Amurat IV, ce despote qui voulut en proscrire l'usage sous peine de mort, on aurait vu tomber ma tête de mes épaules avant ma pipe de mes lèvres!

— Je pense comme vous, ami Kéraban, répondit le Hollandais, en humant deux ou trois bonnes bouffées coup sur coup.

— Pas si vite, Van Mitten, de grâce, n'aspirez pas si vite! Vous n'avez pas le temps de goûter à cette fumée savoureuse, et vous me faites l'effet d'un glouton qui avale les morceaux sans les mâcher!

— Vous avez toujours raison, ami Kéraban, répondit Van Mitten, qui, pour rien au monde, n'aurait pas voulu troubler si douce quiétude par les éclats d'une discussion.

— Toujours raison, ami Van Mitten!

— Mais ce qui m'étonne, en vérité, ami Kéraban, c'est que nous, des négociants en tabac, nous éprouvions tant de plaisir à utiliser notre propre marchandise!

— Et pourquoi donc? demanda Kéraban, qui ne cessait de se tenir un peu sur l'œil.

— Mais parce que, s'il est vrai que les pâtissiers sont généralement dégoûtés de la pâtisserie, et les confiseurs des sucreries qu'ils confisent, il me semble qu'un marchand de tabac devrait avoir horreur de...

— Une seule observation, Van Mitten, répondit Kéraban, une seule, je vous prie!

— Laquelle?

— Avez-vous jamais entendu dire qu'un marchand de vin ait fait fi des boissons qu'il débite?

— Non, certes!

— Eh bien, marchands de vin ou marchands de tabac, c'est exactement la même chose.

— Soit! répondit le Hollandais. L'explication que vous donnez là me paraît excellente!

16

— Mais, reprit Kéraban, puisque vous semblez me chercher noise à ce sujet...

— Je ne vous cherche pas noise, ami Kéraban ! répondit vivement Van Mitten.

— Si !

— Non, je vous assure !

— Enfin, puisque vous me faites une observation quelque peu aggressive sur mon goût pour le tabac...

— Croyez-bien...

— Mais si... mais si ! répondit Kéraban, en s'animant... Je sais comprendre les insinuations...

— Il n'y a pas eu la moindre insinuation de ma part, répondit Van Mitten, qui, sans trop savoir pourquoi, — peut-être sous l'influence du bon dîner qu'il venait de faire. — commençait à s'impatienter de cette insistance.

— Il y en a eu, répliqua Kéraban, et, à mon tour de vous faire une observation !

— Faites donc !

— Je ne comprends pas, non ! je ne comprends pas que vous vous permettiez de fumer du latakié dans un narghilé ! C'est un manque de goût indigne d'un fumeur qui se respecte !

— Mais il me semble que j'en ai bien le droit,

répondit Van Mitten, puisque je préfère le tabac de l'Asie Mineure....

— L'Asie Mineure! Vraiment! L'Asie Mineure est loin de valoir la Perse, quand il s'agit de tabac à fumer!

— Cela dépend !

— Le tombéki, même lorsqu'il a subi un double lavage, possède encore des propriétés actives, infiniment supérieures à celles du latakié !

— Je le crois bien! s'écria le Hollandais. Des propriétés trop actives, qui sont dues à la présence de la belladone!

— La belladone, en proportions convenables, ne peut qu'accroître les qualités du tabac!...

— Pour les gens qui veulent tout doucement s'empoisonner ! répartit Van Mitten.

— Ce n'est point un poison !

— C'en est un, et des plus énergiques !

— Est-ce que j'en suis mort! s'écria Kéraban, qui, dans l'intérêt de sa cause, avala sa bouffée tout entière !

— Non, mais vous en mourrez !

— Eh bien, même à l'heure de ma mort, répéta Kéraban, dont la voix prit une intensité inquiétante, je soutiendrais encore que le tombéki est

préférable à ce foin desséché qu'on appelle du
latakié !

— Il est impossible de laisser passer, sans protestation, une telle erreur! dit Van Mitten, qui
s'emballait à son tour.

— Elle passera, cependant !

— Et vous osez dire cela à un homme, qui, pendant vingt ans, a acheté des tabacs !

— Et vous osez soutenir le contraire à un
homme qui, pendant trente ans, en a vendu !

— Vingt ans !

— Trente ans ! »

Sur cette nouvelle phase de la discussion, les
deux contradicteurs s'étaient redressés au même
instant. Mais, pendant qu'ils gesticulaient avec
vivacité, les bouquins s'échappèrent de leurs
lèvres, les tuyaux tombèrent sur le sol. Aussitôt,
tous deux de les ramasser, en continuant de se
disputer, au point d'en arriver aux personnalités
les plus désagréables.

« Décidément, Van Mitten, dit Kéraban, vous
êtes bien le plus fieffé têtu que je connaisse !

— Après vous, Kéraban, après vous !

— Moi ?

— Vous ! s'écria le Hollandais, qui ne se maitrisait plus. Mais regardez donc la fumée du latakié, qui s'échappe de mes lèvres !

— Et vous, riposta Kéraban, la fumée du tombéki, que je rejette comme un nuage odorant ! »

Et tous deux tiraient sur leurs bouts d'ambre à en perdre haleine ! Et tous deux s'envoyaient cette fumée au visage !

« Mais sentez donc, disait l'un, l'odeur de mon tabac !

— Sentez donc, répétait l'autre, l'odeur du mien !

— Je vous forcerai bien d'avouer, dit enfin Van Mitten, qu'en fait de tabac, vous n'y connaissez rien !

— Et vous, répliqua Kéraban, que vous êtes au-dessous du dernier des fumeurs ! »

Tous deux parlèrent si haut alors, sous l'impression de la colère, qu'on les entendait du dehors Très certainement, ils en étaient arrivés à ce point que de grosses injures allaient éclater entre eux, comme des obus sur un champ de bataille...

Mais, à ce moment, Ahmet parut. Bruno et Nizib, attirés par le bruit, le suivaient. Tous trois s'arrêtèrent sur le seuil de la gloriette.

« Tiens ! s'écria Ahmet, en éclatant de rire, mon oncle Kéraban qui fume le narghilé de monsieur

Van Mitten, et monsieur Van Mitten qui fume le narghilé de mon oncle Kéraban ! »

Et Nizib et Bruno de faire chorus.

En effet, en ramassant leurs bouquins, les deux disputeurs s'étaient trompés et avaient pris le tuyau l'un de l'autre, ce qui faisait que, sans s'en apercevoir, et tout en continuant à proclamer les qualités supérieures de leurs tabacs de prédilection, Kéraban fumait du latakié, pendant que Van Mitten fumait du tombéki !

En vérité, ils ne purent s'empêcher de rire, et, finalement, ils se donnèrent la main de bon cœur, comme deux amis, dont aucune discussion, même sur un sujet aussi grave, ne pouvait altérer l'amitié.

« Les chevaux sont à la chaise, dit alors Ahmet. Nous n'avons plus qu'à partir !

— Partons donc ! » répondit Kéraban.

Van Mitten et lui remirent à Bruno et à Nizib les deux narghilés, qui avaient failli se transformer en engins de guerre, et tous eurent bientôt repris place dans leur voiture de voyage.

Mais en y montant, Kéraban ne put s'empêcher de dire tout bas à son ami :

« Puisque vous y avez goûté, Van Mitten, avouez

maintenant que le tombéki est bien supérieur au latakié!

— J'aime mieux l'avouer! répondit le Hollandais, qui s'en voulait d'avoir osé tenir tête à son ami.

— Merci, ami Van Mitten, répondit Kéraban, ému par tant de condescendance, voilà un aveu que je n'oublierai jamais! »

Et tous deux cimentèrent par une vigoureuse poignée de main un nouveau pacte d'amitié qui ne devait jamais se rompre.

Cependant, la chaise, emportée au galop de son attelage, roulait avec rapidité sur la route du littoral.

A huit heures du soir, la frontière de l'Abkasie était atteinte, et les voyageurs y faisaient halte au relais de poste, où ils dormirent jusqu'au lendemain matin.

XVII

DANS LEQUEL IL ARRIVE UNE AVENTURE
DES PLUS GRAVES, QUI TERMINE LA PREMIÈRE
PARTIE DE CETTE HISTOIRE.

L'Abkasie est une province à part, au milieu de
la région caucasienne, dans laquelle le régime
civil n'a pas encore été introduit et qui ne relève
que du régime militaire. Elle a pour limite au sud
le fleuve Ingour, dont les eaux forment la lisière de
la Mingrélie, l'une des principales divisions du
gouvernement de Koutaïs.

C'est une belle province, une des plus riches du
Caucase, mais le système qui la régit n'est pas fait
pour mettre ses richesses en valeur. C'est à peine
si ses habitants commencent à devenir propriétaires
d'un sol qui appartenait tout entier aux princes ré-
gnants, descendant d'une dynastie persane. Aussi
l'indigène y est-il encore à demi sauvage, ayant à
peine la notion du temps, sans langue écrite,

parlant une sorte de patois que ses voisins ne peuvent comprendre, — un patois si pauvre même, qu'il manque de mots pour exprimer les idées les plus élémentaires.

Van Mitten ne fut point sans remarquer, au passage, le vif contraste de cette contrée avec les districts plus avancés en civilisation qu'il venait de traverser.

A la gauche de la route, développement de champs de maïs, rarement de champs de blé, des chèvres et des moutons, très surveillés et gardés, des buffles, des chevaux et des vaches, vaguant en liberté dans les pâturages, de beaux arbres, des peupliers blancs, des figuiers, des noyers, des chênes, des tilleuls, des platanes, de longs buissons de buis et de houx, tel est l'aspect de cette province de l'Abkasie. Ainsi que l'a justement fait observer une intrépide voyageuse, madame Carla Serena, « si l'on compare entre elles ces trois provinces limitrophes l'une de l'autre, la Mingrélie, le Samourzakan, l'Abkasie, on peut dire que leur civilisation respective est au même degré d'avancement que la culture des monts qui les environnent : la Mingrélie, qui, socialement, marche en tête, a des hauteurs boisées et mises en valeur; le Samourzakan, déjà plus arriéré, présente un relief à moitié sauvage; l'Abkasie, enfin, demeurée presque à l'état primitif, n'a qu'un écheveau de montagnes incultes, que n'a pas encore touché la main de l'homme. C'est donc l'Abkasie qui, de tous les districts caucasiens, sera le plus tard entré en jouissance des bienfaits de la liberté individuelle. »

La première halte que firent les voyageurs après avoir franchi la frontière, fut à la bourgade de Gagri, joli village, avec une charmante église de Sainte-Hypata, dont la sacristie sert maintenant de cellier, un fort, qui est en même temps un hôpital militaire, un torrent, sec alors, le Gagrinska, la mer d'un côté, de l'autre, toute une campagne fruitière, plantée de grands accacias, semée de bosquets de roses odorantes. Au loin, mais à moins de cinquante verstes, se développe la chaîne limitrophe entre l'Abkasie et la Circassie, dont les habitants, défaits par les Russes, après la sanglante campagne de 1859, ont abandonné ce beau littoral.

La chaise, arrivée là, à neuf heures du soir, y passa la nuit. Le seigneur Kéraban et ses compagnons reposèrent dans un des doukhans de la bourgade, et en repartirent le lendemain matin.

A midi, six lieues plus loin, Pizunda leur offrait des chevaux de rechange. Là, Van Mitten eut une demi-heure pour admirer l'église où résidèrent les anciens patriarches du Caucase occidental; cet édifice, avec sa coupole de briques, autrefois coiffée de cuivre, l'agencement de ses nefs suivant le plan de la croix grecque, les fresques de ses murailles, sa façade ombragée par des ormes séculaires, mérite d'être compté parmi les plus curieux monuments de la période byzantine au sixième siècle.

Puis, dans la même journée, ce furent les petites bourgades de Goudouati et de Gounista, et, à minuit, après une rapide étape de dix-huit lieues, les voyageurs venaient prendre quelques heures de repos à la bourgade Soukhoum-Kalé, bâtie sur une large baie foraine, qui s'étend dans le sud jusqu'au cap Kodor.

Soukhoum-Kalé est le principal port de l'Abkasie; mais la dernière guerre du Caucase a en partie détruit la ville, où se pressait une population hybride de Grecs, d'Arméniens, de Turcs, de Russes, encore plus que d'Abkases. Maintenant, l'élément militaire y domine, et les steamers d'Odessa ou de Poti envoient de nombreux visiteurs aux casernes, construites près de l'ancienne forteresse, qui fut élevée au seizième siècle, sous le règne d'Amurah, époque de la domination ottomane.

Un repas, d'un menu très géorgien, composé d'une soupe aigre au bouillon de poule, d'un ragoût de viande farcie, assaisonné de lait acide au safran, — repas qui ne pouvait être que médiocrement apprécié par deux Turcs et un Hollandais, — précéda le départ, à neuf heures du matin.

Après avoir laissé en arrière la jolie bourgade de Kélasouri, bâtie dans l'ombreuse vallée de Kélassur, les voyageurs franchirent le Kodor à vingt-sept verstes de Soukhoum-Kalé. La chaise longea ensuite d'énormes futaies, que l'on pouvait comparer à de véritables forêts vierges, avec lianes inextricables, broussailles touffues, dont on n'a raison que par le fer ou le feu, et auxquelles ne manquent ni les serpents, ni les loups, ni les ours, ni les chacals, — un coin de l'Amérique tropicale, jeté sur le littoral de la mer Noire. Mais déjà la hache des exploitants se promène à travers ces forêts que tant de siècles ont respectées, et ces beaux arbres disparaîtront avant peu pour les besoins de l'industrie, charpentes de maisons ou charpentes de navires.

Otchemchiri, chef-lieu du district qui comprend le Kodor et le Samourzakan, importante bourgade maritime, assise sur deux cours d'eau, Ilori, dont le sanctuaire byzantin mérite d'être visité, mais, faute de temps, ne put l'être en cette circonstance, Gajida et Anaklifa, furent dépassés dans cette journée, — une des plus longues par les heures employées à courir, une des plus rapides par l'espace qui fut dévoré au galop de l'attelage. Mais aussi, le soir, vers onze heures, les voyageurs arrivaient à la frontière de l'Abkasie, ils franchissaient à gué le fleuve Ingour, et, vingt-cinq verstes plus loin, ils s'arrêtaient à Redout-Kalé, chef-lieu de la Mingrélie, l'une des provinces du gouvernement de Koutaïs.

Les quelques heures de nuit qui restaient furent consacrées au sommeil. Cependant, si fatigué qu'il fût, Van Mitten se leva de grand matin, afin de faire au moins une excursion profitable avant son départ. Mais il trouva Ahmet levé aussi tôt que lui, tandis que le seigneur Kéraban dormait encore dans une assez bonne chambre de la principale auberge.

« Déjà hors du lit? dit Van Mitten, en apercevant Ahmet, qui allait sortir! Est-ce que mon jeune ami a l'intention de m'accompagner dans ma promenade matinale?

— En ai-je le temps, monsieur Van Mitten? répondit Ahmet. Ne faut-il pas que je m'occupe de renouveler nos provisions de voyage? Nous ne tarderons pas à franchir la frontière russo-turque, et il ne sera pas aisé de se ravitailler dans les déserts du Lazistan et de l'Anatolie! Vous voyez donc bien que je n'ai pas un instant à perdre!

— Mais, cela fait, répondit le Hollandais, ne pourrez-vous disposer de quelques heures?...

— Cela fait, monsieur Van Mitten, j'aurai à visiter notre chaise de poste, à m'entendre avec un charron pour qu'il en resserre les écrous, qu'il graisse les essieux, qu'il voie si le frein n'a pas joué, et qu'il change la chaîne du sabot. Il ne faut pas, au delà de la frontière, que nous ayons besoin de nous réparer! J'entends donc remettre la chaise en parfait état, et je compte bien qu'elle finira avec nous cet étonnant voyage!

— Bien! Mais cela fait?... répéta Van Mitten.

— Cela fait, j'aurai à m'occuper du relais, et j'irai à la maison de poste pour régler tout cela!

— Très bien! Mais cela fait?... dit encore Van Mitten, qui ne démordait pas de son idée.

— Cela fait, répondit Ahmet, il sera temps de partir, et nous partirons! Donc, je vous laisse.

— Un instant, mon jeune ami, reprit le Hollandais, et permettez-moi de vous adresser une question.

— Parlez, mais vite, monsieur Van Mitten.

— Vous savez, sans doute, ce que c'est que cette curieuse province de Mingrélie?

— A peu près.

— C'est la contrée, arrosée par le poétique Phase, dont les paillettes d'or venaient jadis s'accrocher aux degrés de marbre des palais élevés sur ses bords?

— En effet.

— Ici s'étend cette légendaire Colchide, où Jason et ses Argonautes, aidés de la magicienne Médée, vinrent conquérir la précieuse toison, que gardait un formidable dragon, sans parler de terribles taureaux qui vomissaient des flammes fantastiques!

— Je ne dis pas non.

— Enfin, c'est ici, dans ces montagnes, qui se pressent à l'horizon, sur ce rocher de Khomli, do-

minant la cité moderne de Koutaïs, que Prométhée, fils de Japet et de Clymène, après avoir
audacieusement ravi le feu du ciel, fut enchaîné
par ordre de Jupiter, et c'est là qu'un vautour lui
ronge éternellement le cœur!

— Rien de plus vrai, monsieur Van Mitten;
mais, je vous le répète, je suis pressé! Où voulez-
vous en venir?

— A ceci, mon jeune ami, répondit le Hollandais, en prenant son air le plus aimable : c'est
que quelques jours passés dans cette partie de la
Mingrélie et jusque dans le Koutaïs pourraient
être bien employés au profit de ce voyage, et
que...

— Ainsi, répondit Ahmet, vous nous proposez
de demeurer quelque temps à Redout-Kalé?

— Oh! quatre ou cinq jours suffiraient...

— Proposeriez-vous cela à mon oncle Kéraban?
demanda Ahmet, non sans quelque malice.

— Moi!... jamais, mon jeune ami! répondit
le Hollandais. Ce serait matière à discussion, et
depuis la regrettable scène des narghilés, il ne
m'arrivera plus, je vous l'assure, d'entamer une
discussion quelconque avec cet excellent homme!

— Et vous ferez sagement!

— Mais, en ce moment, ce n'est point au terrible Kéraban que je m'adresse, c'est à mon jeune ami Ahmet.

— C'est ce qui vous trompe, monsieur Van Mitten, répondit Ahmet, en lui prenant la main. Ce n'est point à votre jeune ami que vous parlez en ce moment !

— Et à qui donc ?...

— Au fiancé d'Amasia, monsieur Van Mitten, et vous savez bien que le fiancé d'Amasia n'a pas une heure à perdre ! »

Là-dessus, Ahmet se sauva pour s'occuper des préparatifs du départ. Van Mitten, tout dépité, n'eut que la ressource de faire une promenade peu instructive dans la bourgade de Redout-Kalé en compagnie du fidèle mais décourageant Bruno.

A midi, tous les voyageurs étaient prêts à partir. La chaise, examinée avec soin, revue en quelques parties, promettait de fournir encore de longues étapes dans d'excellentes conditions. La caisse aux provisions remplie, plus rien à craindre sous ce rapport, pendant un nombre considérable de verstes ou plutôt d'agatchs, puisque les provinces de la Turquie' asiatique allaient être traversées pendant cette seconde partie de l'itinéraire; mais

Ahmet, en homme avisé, ne pouvait que s'applaudir d'avoir pourvu à toutes les éventualités de l'alimentation et de la locomotion.

Le seigneur Kéraban ne voyait pas, sans une satisfaction extrême, le parcours s'accomplir sans incidents ni accidents. Combien il serait satisfait dans son amour-propre de Vieux Turc, au moment où il apparaîtrait sur la rive gauche du Bosphore, narguant les autorités ottomanes et les décréteurs de taxes injustes, il serait oiseux d'y insister.

Enfin, Redout-Kalé n'étant plus qu'à quatre-vingt-dix verstes environ de la frontière turque, avant vingt-quatre heures, le plus entêté des Osmanlis comptait bien avoir remis le pied sur la terre ottomane. Là, enfin, il serait chez lui.

« En route, mon neveu, et qu'Allah continue à nous protéger! s'écria-t-il d'un ton de bonne humeur.

— En route, mon oncle! » répondit Ahmet.

Et tous deux prirent place dans le coupé, suivis de Van Mitten, qui essayait, mais en vain, d'apercevoir cette mythologique cime du Caucase, sur laquelle Prométhée expiait sa tentative sacrilège!

On partit au claquement du fouet du iemschik

et aux hennissements d'un vigoureux attelage.

Une heure après, la chaise passait cette frontière du Gouriel, qui est annexé à la Mingrélie depuis 1801. Il a pour chef-lieu Poti, port assez important de la mer Noire, qu'une voie ferrée rattache à Tiflis, la capitale de la Géorgie.

La route remontait un peu à l'intérieur d'une campagne fertile. Çà et là, des villages, où les maisons ne sont point groupées, mais éparses au milieu des champs de maïs. Rien de singulier comme l'aspect de ces constructions, qui ne sont plus en bois, mais en paille tressée, comme un ouvrage de vannier. Van Mitten n'oublia pas de mentionner cette particularité sur son carnet de voyage. Et pourtant ce n'étaient point ces insignifiants détails qu'il s'attendait à noter pendant son passage à travers l'ancienne Colchide! Enfin, peut-être serait-il plus heureux, quand il arriverait sur les rives du Rion, ce fleuve de Poti, qui n'est autre que le célèbre Phase de l'antiquité, et, s'il faut en croire quelques savants géographes, l'un des quatre cours d'eau de l'Éden!

Une heure plus tard, les voyageurs s'arrêtaient devant la ligne du railway de Poti-Tiflis, à un point où le chemin coupe la voie ferrée, une verste au-dessous de la station de Sakario. Là s'ouvrait un passage à niveau qu'il fallait nécessairement franchir, si l'on voulait, en abrégeant la route, rejoindre Poti par la rive gauche du fleuve.

Les chevaux vinrent donc s'arrêter devant la barrière du railway, qui était fermée.

Les glaces du coupé avaient été baissées, de telle sorte que le seigneur Kéraban et ses deux compagnons étaient à même de voir ce qui se passait devant eux.

Le postillon commença par héler le garde-barrière, qui ne parut point tout d'abord.

Kéraban mit la tête à la portière.

« Est-ce que cette maudite compagnie de chemin de fer, s'écria-t-il, va encore nous faire perdre notre temps? Pourquoi cette barrière est-elle fermée aux voitures?

— Sans doute parce qu'un train va bientôt passer! fit simplement observer Van Mitten.

— Pourquoi viendrait-il un train? » répliqua Kéraban.

Le postillon continuait d'appeler, sans résultat. Personne ne paraissait à la porte de la maisonnette du gardien.

« Qu'Allah lui torde le cou! s'écria Kéraban. S'il

ne vient pas, je saurai bien ouvrir moi-même!...

— Un peu de calme, mon oncle! dit Ahmet, en retenant Kéraban, qui se préparait à descendre.

— Du calme?...

— Oui! voici ce gardien! »

En effet, le garde-barrière, sortant de sa maisonnette, se dirigeait tranquillement vers l'attelage.

« Pouvons-nous passer, oui ou non? demanda Kéraban d'un ton sec.

— Vous le pouvez, répondit le gardien. Le train de Poti n'arrivera pas avant dix minutes.

— Ouvrez votre barrière, alors, et ne nous retardez pas inutilement! Nous sommes pressés!

— Je vais vous ouvrir, » répondit le garde.

Et, ce disant, il alla d'abord repousser la barrière placée de l'autre côté de la voie, puis, il revint manœuvrer celle devant laquelle l'attelage s'était arrêté, mais tout cela posément, en homme qui n'a pour les exigences des voyageurs qu'une indifférence parfaite.

Le seigneur Kéraban bouillait déjà d'impatience.

Enfin, le passage fut libre des quatre côtés, et la chaise s'engagea à travers la voie.

A ce moment, à l'opposé, parut un groupe de voyageurs. Un seigneur turc, monté sur un ma-

gnifique cheval, suivi de quatre cavaliers qui lui
faisaient escorte, se disposait à franchir le passage
à niveau.

C'était évidemment un personnage considérable.
Agé de trente-cinq ans environ, sa taille élevée se
dégageait avec cette noblesse particulière aux races
asiatiques. Figure assez belle, avec des yeux qui
ne s'animaient qu'au feu de la passion, front d'un
ton mat, barbe noire, dont les volutes s'étageaient
jusqu'à mi-poitrine, bouche ornée de dents très
blanches, lèvres qui ne savaient pas sourire : en
somme, la physionomie d'un homme impérieux,
puissant par sa situation et sa fortune, habitué à
la réalisation de tous ses désirs, à l'accomplissement de toutes ses volontés, et que la résistance
eût poussé aux plus grands excès. Il y avait encore
du sauvage dans cette nature, où le type turc
confinait au type arabe.

Ce seigneur portait un simple costume de voyage,
taillé à la mode des riches Osmanlis, qui sont plus
Asiatiques qu'Européens. Sans doute, sous son
cafetan de couleur sombre, il tenait à dissimuler le
riche personnage qu'il était.

Au moment où l'attelage atteignait le milieu
de la voie, le groupe des cavaliers l'atteignait

aussi. Comme l'étroitesse des barrières ne permettait pas à la chaise et au groupe de passer en même temps, il fallait bien que l'un ou l'autre reculât.

L'attelage s'était donc arrêté, tandis que les cavaliers en faisaient autant ; mais il ne semblait pas que le seigneur étranger fût d'humeur à céder passage au seigneur Kéraban. Turc contre Turc, cela pouvait amener quelque complication. .

« Rangez-vous ! cria Kéraban aux cavaliers, dont les chevaux faisaient tête à ceux de l'attelage.

— Rangez-vous vous-mêmes ! répondit le nouveau venu, qui semblait décidé à ne pas faire un pas en arrière.

— Je suis arrivé le premier !

— Eh bien, vous passerez le second !

— Je ne céderai pas !

— Ni moi ! »

Montée sur ce ton, la discussion menaçait de prendre une assez mauvaise tournure.

« Mon oncle !... dit Ahmet, que nous importe...

— Mon neveu, il importe beaucoup !

— Mon ami !... dit Van Mitten.

— Laissez-moi tranquille ! » répondit Kéraban d'un ton qui cloua le Hollandais dans son coin.

Cependant, le garde-barrière, intervenant, s'écriait :

« Hâtez-vous ! hâtez-vous !... Le train de Poti ne peut tarder à arriver !... Hâtez-vous ! »

Mais le seigneur Kéraban ne l'écoutait guère ! Après avoir ouvert la portière de la chaise, il était descendu sur la voie, suivi d'Ahmet et de Van Mitten, tandis que Bruno et Nizib se précipitaient hors du cabriolet.

Le seigneur Kéraban alla droit au cavalier, et saisissant son cheval par la bride :

« Voulez-vous me livrer passage ? s'écria-t-il, avec une violence qu'il ne pouvait plus contenir.

— Jamais !

— Nous allons bien voir !

— Voir ?...

— Vous ne connaissez pas le seigneur Kéraban !

— Ni vous le seigneur Saffar ? »

En effet, c'était le seigneur Saffar, qui se dirigeait vers Poti, après une rapide excursion dans les provinces du Caucase méridional.

Mais ce nom de Saffar, ce nom du personnage qui avait accaparé les chevaux du relais de Kertsch, voilà qui ne pouvait que surexciter la colère de Kéraban ! Céder à cet homme contre lequel il avait tant pesté déjà! Jamais! Il se fût plutôt fait écraser sous les pieds de son cheval.

« Ah! c'est vous le seigneur Saffar? s'écria-t-il. Eh bien, arrière, le seigneur Saffar!

— En avant, » dit Saffar, en faisant signe aux cavaliers de son escorte de forcer le passage.

Ahmet et Van Mitten, comprenant que rien ne ferait céder Kéraban se préparaient à lui venir en aide.

« Mais passez! passez donc! répétait le gardien. Passez donc!... Voici le train! »

Et, en effet, on entendait le sifflet de la locomotive, que cachait encore un coude du railway.

« Arrière! cria Kéraban.

— Arrière! » cria Saffar.

En ce moment, les hennissements de la locomotive s'accentuèrent. Le gardien, éperdu, agitait son drapeau, afin d'arrêter le train... Il était trop tard... Le train débouchait de la courbe....

Le seigneur Saffar, voyant qu'il n'avait plus le temps de franchir la voie, recula précipitamment. Bruno et Nizib s'étaient jetés de côté. Ahmet et Van Mitten, saisissant Kéraban, venaient de l'entraîner précipitamment, pendant que le postillon, enlevant son attelage, le poussait tout entier hors de la barrière.

A ce moment même, le train passait avec la rapidité d'un express. Mais en passant, il heurta l'arrière-train de la chaise, qui n'avait pu être entièrement dégagée, il le mit en pièces, et disparut, sans que ses voyageurs eussent seulement ressenti le choc de ce léger obstacle.

Le seigneur Kéraban, hors de lui, voulut se jeter sur son adversaire ; mais celui-ci, poussant son cheval, traversa la voie, dédaigneusement, sans même l'honorer d'un regard, et, suivi de ses quatre cavaliers, il disparut au galop sur cette autre route, qui suit la rive droite du fleuve.

« Le lâche! le misérable!... s'écriait Kéraban, que retenait son ami Van Mitten, si jamais je le rencontre!

— Oui, mais en attendant, nous n'avons plus de chaise de poste! répondit Ahmet, en regardant les restes informes de la voiture rejetés hors de la voie.

— Soit! mon neveu, soit! mais je n'en ai pas moins passé, et passé le premier! »

Cela, c'était du Kéraban tout pur.

En ce moment, quelques Cosaques, de ceux qui sont chargés en Russie de surveiller les routes, s'approchèrent. Ils avaient vu tout ce qui était arrivé à la barrière du railway.

Leur premier mouvement fut de rejoindre le seigneur Kéraban et de lui mettre la main au collet. De là, protestation dudit Kéraban, intervention inutile de son neveu et de son ami, résistance plus violente du plus têtu des hommes, qui, après une contravention aux règlements de police des chemins de fer, menaçait d'empirer sa situation par une rébellion aux ordres de l'autorité.

On ne raisonne pas plus avec des Cosaques qu'avec des gendarmes. On ne leur résiste pas davantage. Quoiqu'il fît, le seigneur Kéraban, au comble de la fureur, fut emmené à la station de Sakario, pendant qu'Ahmet, Van Mitten, Bruno et Nizib restaient abasourdis devant leur chaise brisée.

« Nous voilà dans un joli embarras! dit le Hollandais.

— Et mon oncle donc! répondit Ahmet. Nous ne pouvons pourtant par l'abandonner! »

Vingt minutes après, le train de Tiflis, descendant sur Poti, passait devant eux. Ils regardèrent....

A la fenêtre d'un compartiment, apparaissait la tête ébouriffée du seigneur Kéraban, rouge de fureur, les yeux injectés, hors de lui, non moins parce qu'il avait été arrêté que parce que, pour la première fois de sa vie, ces féroces Cosaques l'obligeaient à voyager en chemin de fer!

Mais il importait de ne pas le laisser seul dans cette situation. Il fallait au plus vite le tirer de ce mauvais pas, où son seul entêtement l'avait conduit, et ne pas compromettre le retour à Scutari par un retard qui pouvait peut-être se prolonger.

Laissant donc les débris de la chaise dont on ne pouvait plus faire usage, Ahmet et ses compagnons louèrent une charrette, le postillon y attela ses chevaux, et, aussi rapidement que cela était possible, ils s'élancèrent sur la route de Poti.

C'étaient six lieues à faire. Elles furent franchies en deux heures.

Ahmet et Van Mitten, dès qu'ils eurent atteint la bourgade, se dirigèrent vers la maison de police, afin d'y réclamer l'infortuné Kéraban et lui faire rendre la liberté.

Là, ils apprirent une chose, qui ne laissa pas de les rassurer dans une certaine mesure, aussi bien sur le sort réservé au délinquant que sur l'éventualité de nouveaux retards.

Le seigneur Kéraban, après avoir payé une forte amende pour la contravention d'abord, pour la résistance aux agents ensuite, avait été remis entre les mains des Cosaques, puis dirigé sur la frontière.

Il s'agissait donc de l'y rejoindre au plus tôt, et, dans ce but, de se procurer un moyen de transport.

Quant au seigneur Saffar, Ahmet voulut s'informer de ce qu'il était devenu.

Le seigneur Saffar avait déjà quitté Poti. Il venait de s'embarquer sur le steamer qui fait escale aux diverses échelles de l'Asie Mineure. Mais Ahmet ne put apprendre où allait ce hautain personnage, et il ne vit plus à l'horizon que la dernière traînée de vapeur du bâtiment qui l'emportait vers Trébizonde.

FIN DE LA PREMIÈRE PARTIE.

TABLE DES MATIÈRES

PREMIÈRE PARTIE

I. — Dans lequel Van Mitten et son valet Bruno
se promènent, regardent, causent, sans
rien comprendre à ce qui se passe   1

II. — Où l'intendant Scarpante et le capitaine Yarhud s'entretiennent de projets qu'il est bon
de connaître.   21

III. — Dans lequel le seigneur Kéraban est tout
surpris de se rencontrer avec son ami Van
Mitten.   37

IV. — Dans lequel le seigneur Kéraban, encore plus
entêté que jamais, tient tête aux autorités
ottomanes.   51

V. — Où le seigneur Kéraban discute à sa façon
la manière dont il entend les voyages et
quitte Constantinople.   67

VI. — Où les voyageurs commencent à éprouver
quelques difficultés, principalement dans
le delta du Danube.   83

VII. — Dans lequel les chevaux de la chaise font
par peur ce qu'ils n'ont pu faire sous le
fouet du postillon   100

VIII. — Où le lecteur fera volontiers connaissance
avec la jeune Amasia et son fiancé Ahmet.   122

IX. — Dans lequel il s'en faut bien peu que le plan
du capitaine Yarhud ne réussisse.   140

X. — Dans lequel Ahmet prend une énergique
résolution, commandée, d'ailleurs, par les
circonstances   155

XI. — Dans lequel il se mêle un peu de drame à cette fantaisiste histoire de voyage. . . . 171

XII. — Dans lequel Van Mitten raconte une histoire de tulipes qui intéressera peut-être le lecteur. 187

XIII. — Dans lequel on traverse obliquement l'ancienne Tauride, et avec quel attelage on en sort. 201

XIV. — Dans lequel le seigneur Kéraban se montre plus fort en géographie que ne le croyait son neveu Ahmet 225

XV. — Dans lequel le seigneur Kéraban, Ahmet, Van Mitten et leurs serviteurs jouent le rôle de salamandres 243

XVI. — Où il est question de l'excellence des tabacs de la Perse et de l'Asie Mineure 261

XVII. — Dans lequel il arrive une aventure des plus graves, qui termine la première partie de cette histoire 284

Paris. — Imp. Gauthier-Villars, 55, quai des Grands-Augustins.